集英社オレンジ文庫

谷中びんづめカフェ竹《ちく》善《ぜん》 3

降っても晴れても梅仕事

竹岡葉月

本書は書き下ろしです。

谷中びんづめカフェ
降っても晴れても梅仕事
竹善《chikuzen》3

目次

【登場人物紹介】

鈴掛《すずかけ》　紬《つむぎ》

谷中でひとり暮らしをしている女子大生。人付き合いが下手でコミュ障気味。とあるきっかけで菱田親子と知り合い、武流の家庭教師のアルバイトをすることに。趣味は手芸。

菱田《ひしだ》セドリック

谷中のびんづめ専門カフェ「竹善」の店主。英国人。留学中に武流の母親の笑子と知り合い、結婚した。笑子亡き後、一人で武流を育てている。

菱田武流《ひしだたける》

セドリックの血のつながらない息子。小学六年生。生意気でいつも憎まれ口をたたくが、意外と聡明。

斜森虎太朗《ななもりこたろう》

セドリックの大学時代の友人で、経産省のキャリア。竹善の近所に住む。長身で目つきが悪く、見た目は完全にその筋の人。

ネコ太朗《たろう》

元谷中墓地の野良、現在は武流の飼い猫。

イラスト／勝田　文

第1話

雨降らしジャム&トースト

それは六月はじめの日曜日。

気象庁から梅雨《つゆ》入りの発表はないものの、全国的にどうにもすっきりしない曇り空が続いていた頃の話だ。

鈴掛紬《すずかけつむぎ》の鼻孔《びこう》をくすぐったのは、湿気をふくんだ雨の気配とはややギャップのある、香ばしい豆の匂《にお》いである。

歩く先にあるものを見て、ぴんときた。

(これは……やなか珈琲《コーヒー》からか)

ここ台東《たいとう》区谷中《やなか》は、古くは戦前の建物も残る寺町だ。

表通りから一歩路地裏に入れば、ご近所の猫が寝そべり昼寝をし、霊園からはお線香の煙がただよい、近隣の根津《ねづ》や千駄木《せんだぎ》とともに、古きよき佇《たたず》まいを愛《め》でる人たちが集まるエリアである。

紬などは、街の雰囲気よりも日暮里《にっぽり》繊維街や、通っている東江大《とうこうだい》のある白山《はくさん》に近いという理由だけで、この地にアパートを借りて暮らす大学生だが、まあ少数派なのは自覚している。

買い物帰りの紬が歩いているのは、そんな下町情緒あふれる商店街の一つ。地下鉄は千駄木駅近くにある、よみせ通りである。

問題の店は、通りの左右に軒を連ねる老舗《しにせ》そば屋や豆腐屋と比べても浮くことのない、こぢんまりとした和風の店がまえだった。

あまり広くはない店内では、何種類もの豆が木製の桝《ます》に入って売られている。一見して味噌屋か乾物屋かと思うレイアウトではあるが、こうして三軒先からも漂ってくる、焙煎《ばいせん》したコーヒー豆の香りがその誤解を許さないのだ。

厳選したコーヒー豆を、客の注文を受けてから焙煎して販売するのが『やなか珈琲』のスタイルである。現在では都内の各地に支店があるが、本店はその名の通りここ谷中の商店街にあるのだ。

(そういえば、しばらくコーヒーとか飲んでなかったな)

紬は鼻をひくつかせた。

まったく、うなぎ屋じゃあるまいし。店頭の匂いでその気になるとは、我ながらお手軽だった。

寺から漂う線香の煙と、肉屋の揚げたてメンチカツの匂いしかしないと思ったら、この手の洒落《しゃれ》たこだわりの店や隠れ家的カフェも点在しているのが、谷根千《やねせん》の侮《あなど》れないところなのである。

この本店も、イートインコーナーがあるが、店におさまりきらずにあふれる客を見て、紬は早々に諦《あきら》めた。我に返ったとも言う。

人気エリアのお洒落スポットは、常に行列と紙一重《かみひとえ》。ディズニーランドと一緒だ。そこを我慢して列に並ぶ気概《きがい》もない偏屈人間は、素通りするのが関の山なのだ。こんな日曜日にコーヒー飲みたいなどと思った紬がいけないのである。

やなか珈琲を諦めた紬は、かわりに別の店に行くことにした。あそこなら大抵静かだし、メニューにコーヒーもあるはず。

（そうするか）

さっそくきびすを返す。

押しも押されぬ老舗や有名チェーンの本店がでんとかまえる一方で、惜しまれながら撤退したり、新規に開店したりと、街自体の新陳代謝はそれなりにあった。今も商店街を歩く紬の目の前では、空きテナントの工事が行われている。

そんな紬が目指した先は、人通りが激しい表通りから一歩脇に入った、少々わかりにくい路地の奥にあった。

長屋風の古い木造家屋で、一階の店舗部分にかかる、白いのれんが目印だ。ガラス入りの千本格子戸《せんぼんこうしど》と、同じ素材の面格子《めんごうし》が、白い壁によく映《は》えていた。

一枚板の看板には、墨字で一行こう書いてある。

『びんづめカフェ　竹善《ちくぜん》』

紬にとっては上京して最初にできた、行きつけの場所だった。

（こんにちは――）

心の中で挨拶《あいさつ》をしつつ、のれんをくぐって戸を開ける。するとまず目に入るのは、大量のガラス瓶だ。

それは空き瓶でも、飲食店によくある酒瓶の類《たぐい》でもない。カウンターの冷蔵ケースには、季節の果物を煮詰めて作ったジャムやシロップ、あるいは野菜のピクルスやオイル漬けなどが入っている。奥の棚には、大きな広口瓶の中で寝かせた、果実酒やサワーシロップも。

年代物の寿司屋を改装して始めたという店内には、カラフルで種類も様々な保存食が、瓶に詰まって沢山置いてあった。

そう。ここはカフェはカフェでも、瓶詰めの保存食を専門にしたびんづめカフェなのである。

白木のカウンターの向こうで、金髪碧眼《へきがん》の店主が微笑んだ。

「いらっしゃい、紬さん」

「どうも……今いいですか」

「もちろん」

彼の名前は、菱田《ひしだ》セドリックといった。この瓶詰めだらけの不思議な店を、奥さんの遺志を引き継ぎ維持しているイギリス人だ。

(それじゃ、失礼します……)

紬の予想通り、今日も『竹善』は空《す》いていた。今はランチを食べる女性が座敷にいるぐらいで、紬がお邪魔する余地はあるようだ。

「雨は降りそうですか」

「まだぎりぎり、ですね」

初めて出会った際、怪我《けが》の手当てをしてもらったせいだろうか。紬はセドリックの落ち着いた声や佇まいを前にすると、宗教画に出てくる大天使を連想するのだ。彼のまわりにはゆっくりと煮詰まっていくジャムのように、穏やかな空気が流れている気がした。

あちこち折れ曲がって偏屈な紬も、ここでの何気ない会話が、リハビリになっている気がするのだ。

「おいこら、団子頭《だんごあたま》。何あからさまに無視してやがるんだよ。喧嘩売ってんのか?」

——情緒もくそもあったものではないぞ。

　せっかくセドリックを相手に癒《いや》されていたのに、横から水をぶっかけてくれる男がいた。カウンターの端を陣取る、借金の取り立て屋――ではなく、斜森虎太朗《ななもりこたろう》だ。

　ここから地下鉄で十五分の霞ヶ関《かすみがせき》で、高級官僚様をしているらしいが、見た目は完全にヤクザ映画の若頭《わかがしら》だ。

　ノーブルな雰囲気のセドリックとは、東大在学時からの親友だというので、世の中わからないものだった。

（だから見ないようにしてたのに）

　仕方ないので紬は、予定より一つ虎太朗寄りのスツールに腰掛けなおした。するとその虎太朗は、「へっ」と意地悪く笑った。

「……なに？」

「いや、別に。週三で武流《たける》の家庭教師して、空き時間も客になりに来るって、おまえも大概暇《ひま》だよな」

「ねえ。もしかしてそのド紫の半袖《はんそで》シャツ、クールビズのつもりなの？　霞ヶ関に出勤したら投書が来ない？　当省は反社会的勢力とのつきあいはありませんって、上司に言い訳させるの心苦しくない？」

「本当に呼吸のレベルで憎まれ口が出てくるなおまえは」

虎太朗は苦々しそうにうめいたが、紬は眉一本動かさなかった。やろうと思えば、これぐらいの文句はすぐに思いつく。

何せこの男とはカップ焼きそばを吐き散らかされたり、近所の商店でラスト一個の商品を奪ったり奪われたりという因縁《いんねん》があるのだ。簡単に気を許したら大変な目にあう。

一つ気になることといえば、その虎太朗が、カウンターの上で謎《なぞ》の作業をしていることだ。

大きなザルに入った果物らしきものを、一つ一つ白いさらしで拭《ふ》きつつ、竹串でつついてはまた別のザルに移していた。普通の客なら、まずやらないことだろう。

「そういうあんたは、何やってるの?」

「これか?　これはだな——」

「青梅のヘタ取りを頼んでいるんですよ」

セドリックが先に答えてくれた。

「青梅?」

「はい。梅の実が出回るのは、一年でもこの時季だけなんですよ。まず五月に小梅が出て、六月になったらこういう普通サイズの青梅が出荷されるんですね」

大きさとしてはピンポン球ほどで、ふっくらと傷がない表皮は、澄んだ黄緑色をしていた。

奥の方には、まだ洗う前の青梅が、段ボール箱に待機しているという。

「毎年農家の方に、熟する前のものを送っていただくんですよ。南高梅《なんこうばい》です」

「毎年ですか……」

「紬さん。梅は素晴らしいですよ。日本の高温多湿な風土に、梅がもつ抗菌効果と疲労回復作用は、欠かせないものですからね」

菱田セドリック。本名セドリック・ウォルターズ。来日九年目のイギリス人。流暢《りゅうちょう》に日本語を操り、和の食文化の知識も豊富だが、やはり蒸し暑い日本の夏は苦手なようだ。

「六月からの雨季を梅の雨と書くと聞いた時は、わかりやすく理にかなっているなと思いましたよ」

「そういうわけだ団子頭。おまえもクソ暇なら手伝えよ。ほれ」

……クソ暇は余計だ。

虎太朗に竹串とさらしを渡され、紬も参加することになった。

作業としては、青梅についた水分を拭き取りつつ、くぼみの部分にあるヘタを、傷つけず慎重に取り除くことらしい。やってみるとなかなかこれが根気がいり、紬は思わず『本気』を出してしまった。

「――……さん。紬さん。もういいですから」

気がついた時には、セドリックに止めに入られていた。

「まだやれる……」

「いえ、もう充分ですよ。見てください、紬さんお一人にここまでやっていただくつもりはなかったんですよ」

確かに大きなザルは空っぽになり、中ぐらいのザルは、ヘタが取れた青梅で山盛りになっていた。

虎太朗などは、完全に手を休めて紬を観察するのに徹してしまっている。

「おまえ、ほとんど息が止まってたぞ。大丈夫か……」

「……気持ちよかったというか……」

本当である。スカートの縁《ふち》かがりを手縫いで全部やった時のように、気分が良かった。

「紬さんは、はまるタイプのようですね」

「この梅、どうするんですか？」

「水にさらしてヘタを取りましたので、梅酒や梅シロップにするつもりです」

なるほど。いいではないか。紬はザルごと、青梅をセドリックに手渡した。

「では、さっそく作りましょうかレディ」

セドリックは中身が空の保存瓶をいくつか用意すると、内側がしっかり濡れるほどスプレーを吹きつけた。

さらに氷砂糖と、今さっき下処理した青梅を、層をなすように交互に敷き詰めていく。

「いつもの煮沸《しゃふつ》消毒とか、しなくていいんですか」

「これだけの大きさの瓶が入る鍋があればいいんですがね……」

セドリックは苦笑した。いわく、熱湯処理できないサイズの瓶は、食用の除菌アルコールなどで拭いて消毒するのだという。

「アルコール度数が高い、ウォッカや焼酎《しょうちゅう》でもいいですよ」

いろいろ抜け道というか、やりようはあるものだ。紬は感心した。

全部の梅と氷砂糖が、保存瓶の中に入った。

「この状態で、氷砂糖が完全に溶けきるまで待てば、青梅のエキスが染《し》み出た梅シロップになります。さらにお酒を追加すれば、梅酒に。リンゴ酢などを注げば、梅サワーになるわけです」

「基本が梅シロップってことですか」

「Exactly」

とくとくと、実際に液体を注ぎ入れながら、セドリックはうなずいた。

「ちなみに紬さん。オーソドックスなホワイトリカーの梅酒ももちろん作りますが、ウイスキーとシナモンと唐辛子《とうがらし》を入れたスパイス梅酒も作ろうかと思うんですよ」

――やばい。想像するだけでおいしいやつだ。

「できあがり、いつですか?」

「そうですね。サワーが三週間、シロップは二カ月、梅酒は最低三カ月は待ちたいところですね」

「三カ月ですね……わかりました」

バッグからスマホを取り出し、忘れないようそれぞれリマインドを設定していたら、

「うわ。いじきたねえ奴……」と虎太朗の余計な声も聞こえた。まったくもって余計なお世話だった。

「虎太朗も。あまり紬さんに意地の悪いことを言ってますと、大事な時に呼びませんよ」

「どういうことだよそりゃ」

そうだそうだ、もっと言ってやれ。

ともあれ、青梅の瓶詰めはシロップにサワーにお酒と、三種が仕込み完了となったのである。

残りの青梅は、どうするのだろう。全て氷砂糖となにがしかで、ドリンクにしてしまうのだろうか。

質問したら、セドリックはあっけなく教えてくれた。

「いえ、そちらは梅干し用ですかね」

「……あんなものまで作るんですか」

「はい、基本の材料は、梅と塩だけですから。大変シンプルです」

しかし紬の記憶によれば、大昔に実家の祖母が何やら瓶《かめ》をいじっていたものの、近年とんと目にしなくなったという経緯《けいい》があり、ようは手間が面倒くさくてやめてしまったのではないかと思うのだ。

「もちろん青梅のままですと梅干しには向きませんから、追熟《ついじゅく》はさせないといけませんがね」

なんだと。向かないのか。

「梅干しに必要な梅は、熟れて香りが出てきた完熟梅です。青梅から梅干しを作りたい場合は、そこに追熟という作業が入るんですよ」

「具体的には、どういう……」

「ザルや段ボール箱などに青梅を並べまして、風通しのいい場所に置いておきます。しばらくすると熟れて黄色く変化しますので、それが梅干し向きの完熟した梅というわけです」

それはもう、完全に逆だと思っていた。

とかく酸っぱくて塩辛《しおから》いイメージがある梅干しだが、甘い梅酒や梅シロップよりも、熟した梅が必要だとは。

「今のままですと、味どうこう以前に果肉が硬いですからね。いわゆるカリカリ梅を作りたかったら、青梅の頃から漬けることもありますよ」

そして不思議でしょうがないのが、こういう時に紬の疑問や考えを的確に読み取って、答えてしまうセドリックなのである。

きちんと気持ちを汲《く》み取ってもらえた無愛想女の心理状態としては、嬉しいようなこそばゆいような……そう、ただただ戸惑《とまど》う。

「こういう短い期間にしか出回らない梅を、長く楽しめるようにする工程を、『梅仕事』と言うそうですよ。特別な言葉があると、やる気が出ますよね」

「……菱田さんって何人《なにじん》か以前に、何歳かって思うんですが。おじいちゃんですか」

そして戸惑ったあげくにこういう口をきいてしまう自分は、どうしたって可愛げというものがないのだろう。

可愛くない紬を前にしても、セドリックの微笑は変わらずやわらかいままだった。

「ところでな、団子頭。おまえさっきからなんにも注文してねえけど、そこはいいのか」

横から冷めた声で言われた紬は、はっとした。

確かになんの注文もしていなかった。客のはずなのに、梅のことしか。梅仕事しかしていない。

「そうですね。沢山お手伝いしていただきましたから、サービスしますよ。紬さん」

「そういえば私……もともとはコーヒー飲もうと思って来たんだった」

「コーヒーですか？　紬さんが珍しいですね」

「体質っぽくて、あんまり飲めないんですが」

「そういう気分であると」

紬はうなずいた。

ふだんの紬は、どちらかといえば紅茶にミルク派である。セドリックも知っていたようだ。

「……ホットでもアイスでもいいんですが、コーヒー成分は控えめで、ミルクいっぱい入れたやつ……でもいい匂いのする……」

喋《しゃべ》りながら、自分がとんでもないわがままを垂れ流している気になってきた。

「すいません。やっぱり普通のお茶にします」

「とんでもないですよ。それが紬さんのリクエストですね。わかりました」

セドリックは即座に答えた。

「ふむ。そういうことでしたら、そうですね……ちょっとひと工夫をしてみましょうか」

「工夫……？」

「まずはグラスと、コーヒーの瓶詰めを用意しましょう」

いきなりなんじゃと思った。

無表情のまま紬は固まるが、セドリックは果実酒を並べた棚へ行き、小さな保存瓶を取ってきた。

作業台の前で実験に使うフラスコのように瓶を軽く揺らすと、深い琥珀《こはく》色の液体の中で、本物らしいコーヒー豆が、ゆっくりと動いた。

「コーヒーのリキュールです」

説明する声も、どこか楽しげだ。

「原理としては、今日仕込んだ梅酒と一緒ですよ。焙煎したコーヒー豆に、氷砂糖とアルコールを入れてエキスを抽出したものです。今回のこれは、マンデリンとホワイトラムを使ってみました」

セドリックはミキサーに氷と牛乳、そして一さじのコーヒーリキュールを入れて、スイッチを押した。ブレードが高速で回転し、氷が砕けていく中、牛乳がごくごく淡いカフェオレ色に染まっていく。

さらにそれをグラスに移すと、最後に飾り用のインスタントコーヒーを表面に振りかけてストローをさした。

おお。何か知らんが、すごいものが出てきたぞ。

「どうぞ。コーヒー風味のスムージーです」

紬は恐る恐る、グラスを受け取る。

粉砕された氷は、粒を感じないほどなめらかだった。ストローでそっと飲んでみると、確かに牛乳の優しい味の中に、コーヒー豆の風味がしっかりと感じられた。

（くー、つめたい）

表でかいた汗が、内側にこもった熱が、一気に引いていくのが心地よかった。

ベースは牛乳だが、甘みはわずかなリキュールのみで、甘過ぎないのもいい。何より、後味にふわっと感じるラム酒の香りがたまらないのである。確かにこれは牛乳メインで、コーヒー成分は抑えめ、でもいい匂いがする飲み物だ。

「気に入っていただけまして、何よりです」

「……私なんにも言ってないですけど」

「おや、勘違いでしたか」

だから。そういう意味ではなく。勝手に表情を読み取るなと言いたいのだ。

紬はむくれながらスムージーを飲み、そして最後の一滴まで飲み干したところで、グラスをやや乱暴にカウンターへ置いた。

「……危ねえな、団子頭」

「納得がいかない……」

「は？」

「だってこれおいしい。ほかのものもおいしい。なのになんでこの店、こんなに人いないんですか」

紬にとって、このすっからかんな閑古鳥《かんこどり》の鳴きっぷりは、この世にあまたある理不尽《りふじん》の一つだと言ってよかった。

虎太朗とセドリックが、なぜか顔を見合わせた。

「……こいつ酔っ払ってねえか」

「大した量は入れていないはずなんですが……」

男だけでひそひそ話をされるのも、心外だった。自分は正気だし、ばっちり素面《しらふ》だ。

「そんなこと言ったってよ、簡単に店が流行《はや》るなら誰も苦労はしないだろ」

「なんかないのなんか」

「なんかってなんだよ」

「だからなんか」

メディアの取材でも口コミでもなんでもいいが。そうやって不毛な問答を、虎太朗と続けていた時である。

「見つけた！　絶対にこれ！」

紬たちは、ぎょっとして振り返った。

店の座敷にたった一人だけいた客が、貴重な女性客が、立ち上がっていた。

年の頃はおそらくアラサー。前か後ろかの誤差はあっても、虎太朗やセドリックと同世代で間違ってはいないだろう。

やや癖《くせ》のある黒髪を無造作に結び、服装もカジュアルなTシャツにワイドパンツと、かなりの軽装だ。化粧も最低限だがあまり地味な印象がしないのは、もともとの顔立ちが整ってはっきりしているからかもしれない。

もっともその美女、脚が仁王立ちな上、座卓に置かれたランチプレート——まだ残っている部分を見るに、サンドイッチか何かのようだ——を見つめて拳を震わせているので、それどころではなかった。

突然の大声に驚いた菱田武流が、二階から階段を駆け下りて厨房《ちゅうぼう》に顔を出したぐらいだ。

「あの、お客様。何か——」

セドリックが控えめに声をかけると、女性がきっとこちらを振り返った。二重《ふたえ》まぶたの目力は強い。

「ねえ。このサンドイッチ、ローストポークと一緒に挟まってるのは杏《あんず》のジャム？」

「はい、その通りですが」

「で、もう一つが人参ディップと胡桃《くるみ》とカッテージチーズ」

「正解です」

「最後がバナナとミルク系のジャムかなって思うんだけど——」

「当たりですよ」

「でも絶対にそれだけじゃない。何かもうひと味あるはず……」

皿とセドリックを何度も見比べて、真剣に考えこんでいるのである。

「バニラビーンズのかわりに、乾燥ラベンダーを入れましたが……」

「イエス！　それだ！　ラベンダーだわ天才ね！」

「恐縮です。あの──」

「ジャムは全部自作？」

「基本的には」

「ますますよし！」

なんだろう。もしかして食べ歩き中の雑誌記者とか、そういう人なのだろうか。

「……そうね。小さい瑕疵《かし》は気になるけど、こういうのは後でなんとでもなるわ。初回の印象に勝ることはないんだから……」

女性はぶつぶつと呟《つぶや》きながら座敷を下りて、カウンターに近づいてきた。そして厨房のセドリックに、真っ直ぐ握手を求めた。

「はじめまして。私の名前は、千川仁希《ちがわにき》。そこの不忍《しのばず》通りで、『コロンブ』っていうベーカリーをやっています」

「千川さん、ですか……」

「あなたのジャム、すごい気に入ったのよ。良かったらうちのパンたちとコラボする気ない？」

有《あ》り体《てい》に言えば、あまりにもだしぬけだ。

突然の仁希の申し出に、セドリックも困惑《こんわく》したようで、「お言葉はありがたいですが……」と言葉を濁せば、当人はあっさり名刺と代金を置いて店を出ていった。

そしてその名刺を手に、さっそく『コロンブ』なる店を見に行こうとしているのが、紬と虎太朗、そして武流という野次馬勢なのであった。

店は仁希が言っていた通り、谷中と千駄木の間を走る不忍通り沿いにあった。

「千駄木一丁目……」

「あれじゃね？」

武流が指をさした。

和風の『竹善』と違い、モノトーンを基調にしたモダンな外観に、赤い日よけ《オーメント》が洒落ていた。何より店の外まで、客の列が続いているのが大違いだった。

「……あー、あの店、パン屋だったんだ……」

「知ってたのかよ、ドブス」

「大学行く途中に、『なんか新しい店できたなあ』って認識はしてたんだけど。どんな店までかはさっぱり」

思えば、そんなことばかりの人生であった。

「で、どうすんだおまえら。入るのか」

「……まあ、入るんじゃないの」

「しょうがねえよな」

他に何があるのか。仕方なく野次馬たちは、柄にもなく行列に並んで店の中に入ったのである。

小さなイートインのカフェスペースに席を確保して、武流がしかめっ面《つら》で文句を言った。

「メニューがトーストと、コーヒーと紅茶しかねえんだけど」

「そりゃ、食パン専門店らしいからな、ここ」

椅子にふんぞりかえる虎太朗が、スマホ片手に答えた。

（……食パン、専門店？）

言われてみれば、販売スペースでペンダントライトに照らされている商品は、山型だったり角型だったり、干しぶどう入りだったりという違いはあるものの、どれも型に入れて成形した食パンばかりなのだ。普通のベーカリーでよく見るバゲットやロールパン、菓子パンや惣菜《そうざい》パンといった類《たぐい》のものが、一つもない。

置かれたパンがどれもこれも似た形だから、モノトーンの店内が余計に整って見えるのかもしれない。

「軽井沢《かるいざわ》の老舗で修業して、イベントと通販専門で評判呼んで、このたび谷中で満を持して実店舗がスタート、ってことらしい」

「詳しいね」

「適当に検索したら、WEBマガジンのインタビューがトップに出てきた」

虎太朗は手持ちのスマホを、紬たちの方に見せた。

――ブーランジェール千川仁希の小麦マジック。

――通販ランキング一位に輝いた『むぎの女神』が谷中に進出！

そんな景気のいい煽《あお》り文句とともに、さきほど『竹善』にいた美人の写真が、大きく掲載されていた。

長い黒髪を帽子の中へまとめ、真っ白いコックコート姿で挑むように写る千川仁希は、動いて喋っていた時の印象と違い、大変クールで凛々《りり》しく見えた。新進気鋭の女性パン職人のイメージそのままだ。

「材料や酵母《こうぼ》からこだわって、数量限定の究極の食パンを謳《うた》って出した『むぎの女神』が大ヒットしたんだと」

「はあ」

「一斤《いっきん》八百五十円だけどな」

「は——?」

紬は言葉を失った。どこのお大尽《だいじん》の食べ物だ。

しかしそのお高いパンも、レジ前にできた行列を見るに、どんどこ売れているようだ。紬の知らない世界を垣間見《かいまみ》た気分だった。

とりあえず紬たちは、『コロンブセット』なる品を注文してある。三種の食パンが試食できるメニューらしい。

しばらくすると、小さく切られたトーストが、皿に載《の》ってテーブルにやってきた。

分厚い半切り角食パン、薄くカリカリに焼いた山型パン、さらに粗挽《あらび》き粉を使ったと思われる薄茶のパンと、微妙に形状やテクスチャーは違うが、基本的にはどれも四角い食パンに見える。一緒に添えてある、ホイップバターと苺《いちご》ジャムをつけてお食べなさいということらしい。

「んじゃま、食ってみるか」

「だね」

「だな」

ヤクザ。小学生。そして無愛想女子大生。三人そろって眉間《みけん》に皺《しわ》を寄せ、バターナイフを手に取る様は、さぞかし異様に見えたかもしれない。

しかし最初の厚切り食パンに、ジャムを塗って口へ入れたところで紬の瞳孔《どうこう》がカッと開いた。

（これは……やばい……）

なんだろう、なんだろうこれは。軽く焼いた表面はさくっとカリカリ、中は弾力があってしなやかな食べ心地。

「……ドブスこれ」

「めっちゃおいしいんだけど」

耳のあたりは噛みしめるたびにほのかな滋味《じみ》を感じて、厚切りなのにどんどん食べ進められてしまうのだ。

「今食ってるのが、『むぎの女神』なんだと」

これか。これが八百五十円なのか。

悔しいが、評判になっているのもうなずける味だった。しっとりリッチで、パンのくせに雲を千切って食べているようである。

唯一難点をあげるとするなら——。

「どう、気に入ってもらえた？」


紬はどきりとした。

口直しにミルクティーを飲んでいた目の前に、本物の千川仁希が現れたのだ。

「さっき『竹善』にいた人たちよね。常連さんなの？」

ＷＥＢの写真と同じコックコート姿で、違うのは腰に巻いた赤いエプロンだけ。屈託なく微笑む彼女は、思っていたより目ざとい人でもあるようだった。

常連というか——。

「雇用主なんで」

「友人だよ。学生の時から」

「息子です。義理だけど」

「正直ねー」

順番に答えたら、何故《なぜ》か褒《ほ》められた。

「ちなみにその厚切り角食がね、『むぎの女神』。腰折れするぎりっぎりまでミルクを入れた、うちで一番人気の限定品。隣の薄い山型が、フランス式食パンのパン・ド・ミ。軽い口当たりで食べやすいの。で、最後が天然酵母と全粒粉配合のパンで、ちょっと癖はあるけど刺さる人にはすごく刺さる味だと思う。どうかな」

「……普通においしい……いえ、すごくおいしいんじゃないかと」

パンに問題はないと思ったので、紬はたどたどしくも感想を述べた。

「そう。どうもありがとう。おかげさまで評判は悪くなくて、こうやってイートイン付きのお店も出せたの。でもね、せっかくトーストにしてお出ししても、今のままじゃジャムやバターが負けてると思わない？　もったいないっていうか」

ともすれば傲慢《ごうまん》とも取れる発言だったが、不快ではなかった。むしろ気づいていたのかと、仁希を見直したぐらいだ。

「だからあんた、『竹善』に目をつけたのか？」

武流が仁希に問うた。

彼女は然《しか》りとうなずいた。

「そう。今日初めて食べたけど、『竹善』さんのジャムやスプレッドは、とっても素敵。

できれば私は、『コロンブ』にふさわしい専用ジャムを作りたいのよ。単独でも一級品で、合わせて食べれば二倍三倍おいしくなるようなやつ」

「クソオヤジにやらせるのか」

「もしできたら『竹善×コロンブ』のネームで売るつもりよ。イートインのトーストに添えるし、お持ち帰りの食パンと一緒に販売もする。反対に『竹善』でもうちのパンを使って、ランチのコラボとかも素敵じゃない？　絶対面白い」

喋るうちに興奮してきたのか、化粧気のない仁希の頰《ほお》が、うっすらと赤くなった。

「だから皆さんね、うちのパンをおいしいと思ったのなら、ぜひ『竹善』に戻ってあの金髪の紳士を説得してください。お願いします」

正面から頼みこまれてしまった。

パンが本気でおいしかったのは確かで、塗り物が貧弱なのも間違いなく、このアンバランスさをセドリックが解消できるというなら、正直わくわくする展開だとは思った。

「仁希さーん、レジのヘルプお願いします」

「え、本当？　しょうがないな――」

スタッフに呼ばれた仁希は、そのまま紬たちのテーブルを離れ、会計待ちの客をさばきはじめた。

紬たちがまだ見ていると気づくと、彼女はレジを打つ途中でこっそり合図もしてきた。本来凛々しい顔が、笑うとたんに愛嬌《あいきょう》を増すのだとわかった。

「……どう思う？」

紬は虎太朗たちに聞いた。自分から言わないのは、卑怯《ひきょう》かなと少し思った。

「どうってなあ……モノは本物みてえだし、セディにとっちゃ、悪い話じゃないと思うが」

「だよね、たぶん……」

「何より、こんだけ知名度ある店と組めるってことはだ――」

虎太朗は一拍おいて、活気に満ちた店の中を見回した。

「団子頭がさんざん言ってた、集客アップが実現するかもしれねえぞ」

そう。確かにそうなのだ。

谷中の路地裏ダンジョンにひっそりと現れる、高難易度の隠しトラップ。迷子になると何故か見つかる救難カフェ。そんな呼び声も高い『竹善』に、正当な光が当たるかもしれないのだ。

いざ現実味を帯びてくると、かえって怖くなってしまった。

「……まあ、でもほら、けっきょくのとこ決めるのは菱田さんだし。今より手を広げたいかどうかなんて、外野からじゃわからないよね。あの人浮世離れしてるから、いい話でも断っちゃうかも」

「いや、引き受けるんじゃねーの？」

あっさり反対意見を言ってのけたのは武流で、彼は砂糖をたっぷり入れたコーヒーに、全粒粉のトーストをびちゃびちゃと浸《ひた》しながら食べている。

「なんで？」

「あの手のタイプに、クソオヤジがクソ弱いから。うちのお母さんと同系列」

おい。

ガキンチョよ。小学生が何を生意気言っている。

「ああ、確かにまんまの系統だな」

斜森虎太朗！　あんたまで同意するなよ！

サーベルタイガーとイエネコぐらい差がある二人は、それでも意見の一致を見たとばかりにうなずき合っている。

（そういう理由かよ！）

紬がもやもやしながら店を出ると、ここまで降らずに踏みとどまっていた曇天《どんてん》から、ついに雨まで降りだしたところだった。

そして雨は夜ふけになってもいっこうに止《や》まず、アパートに帰ってシャワーまで浴びた段階で、表に洗濯物があったことを思い出すのだから大馬鹿者である。

（本当にバカ）

紬はベランダとは名ばかりの、室外機置き場に毛が生えたようなスペースから、干していたバスマットを取り込んだ。狭い部屋の中はすでに室内干しの洗濯物が沢山ぶら下がっているので、六畳間はますます窮屈《きゅうくつ》になった。

これからしばらく、洗濯物が乾きにくい季節が続くのだろうか。

紬はさながら仙台七夕《せんだいたなばた》祭りのような洗濯物をよけて、敷いた布団の上に腰をおろした。濡れた髪をタオルで拭きながら、読みかけだったスマホの記事画面を開く。

虎太朗が言っていた千川仁希のインタビューは、検索したらすぐに見つかった。

『きっかけは、東京で会社員をしていた時ですね。ＩＴ系の専門学校を出て、小さな建設会社で営業事務をやって。本当ですよ、小麦粉のミキシングじゃなくて、生コンのミキシングの見積もりとか請求書とかを作っていたんです』

そのまま旅先のレストランで食べたパンに衝撃を受け、パンを納入しているベーカリーに押しかけて弟子入りを志願し、翌月には会社を辞《や》めていたというのだから、大したフットワークである。

『なんの変哲もない、普通の食パンだったんです。でも、私が毎朝食べていたのはなんだったのって思うぐらいおいしくて。小麦の味、バターの味、イーストの効果、しっかり引き出した食パンはこんなに違うのかって感動して』

熟練の師匠《ししょう》のもとで一心に修業し、数年後に通販専門の食パン販売店『コロンブ』を立ち上げて売り出されたのが『むぎの女神』だ。これは彼女と同じ食パンの愛好家を中心に、熱狂的な支持を得た。

『私は食パンがいいんです。食パンでいいじゃなくて。一番身近で心が動いたから』

紬は液晶の中に浮かぶ文字に触れ、残りのテキストを読むべく画面をタップした。

言葉にすると陳腐《ちんぷ》だが、思っていたよりもすごい人だったようだ。

高級路線を謳った食パンブームが定着の兆《きざ》しを見せる中、ネットの口コミで信頼を勝ち取り、あえて今実店舗の出店に打って出たブーランジェール。それが仁希らしい。

『イベントでの販売や、通販でもお客様と繋《つな》がっている実感はありました。でももっとやれることはあると思って。実際の店舗でないとできないことは、もちろん意識しています。いい意味で驚いてもらいたいんですよ』

彼女の言う『驚き』には、『竹善』とのコラボも含まれているのだろうか。

いいことだと思うのに、昼間の武流や虎太朗の発言のせいで、素直に喜べないのが複雑だった。

(くそ。武流君にヤクザめ。恨むぞ)

何がうちのお母さんと同系列だ。

紬はインタビュー記事画面を閉じて、かわりにテレビをつけた。たまたまやっていたのは天気予報で、関東地方が梅雨入りしたと、気象予報士が喋っているところだった。

＊＊＊

そして、それからは容赦なく雨マークが続いた。

しとしとと降り続く長雨が、おんぼろアパートの四角い窓に水玉模様を作る。

乾かない洗濯物とともに閉じ込められた気分になった紬は、ついに端布《はぎれ》に綿をつめて『てるてる坊主』を作りだした。

ちゃんとビーズで目玉をつけて、ぶらさげるための紐《ひも》も縫いつけた。余り布なので色はランダム。赤、青、黄色にマーブル模様とカラフルだ。快晴祈願だ。

――でもまあさすがに、ちょっと作りすぎたかもしれないけど。

自分のまわりに扇状《おうぎ》に広がる、大量のてるてる坊主を見て、紬は我に返った。休講だったのをいいことに、根《こん》を詰めてやりすぎた。

壁の時計を見ればバイトに行く時間だったので、片付けもそこそこに、紬はアパートを出た。

安いビニール傘をぽんと開けば、雨音も一緒についてくる。

谷中の路地裏は、電信柱も家の屋根もみな濡れていて、でこぼこしたアスファルトのあちこちに水たまりができている。陸棲生物の端くれである紬は、次のバイト代でレインブーツを買おうと決意した。

そうして『竹善』にたどりつくと、軒下に置かれた瓶《かめ》の傘立てに、自分のビニール傘を入れる。

千本格子戸を開けると、想像した通りいたのはセドリックだけだった。

やはり平日にこの悪天候では、お客など期待できないのかもしれない。

彼は厨房で何か煮ているようだ。ジャムやコンポート作り特有の甘酸っぱい匂いが、入り口のこちらにまで漂ってくる。

「ああ。いらっしゃい、紬さん」

「ジャム作りですか？」

「はい。この間の青梅で、傷がついた難ありのものを、まとめて冷凍しておいたんですよ。今のうちにジャムにしてしまおうかと思いまして」

なるほど。そういう梅仕事もあるわけか。

セドリックは、一人楽しげに鍋をかき回している。

「青梅はですね、そのままですと灰汁《あく》が強いので、何度かゆでこぼしてから漉《こ》して煮ると、締まったいい味になるんですよ」

「お客さんが、全然いないからできる作業ですね」

「まったくです」

そこで朗《ほが》らかに同意するなと思う。本当に呑気《のんき》な人だ。

変わらないのが残念なような、ほっとするような。紬はため息まじりに、ショルダーバッグへ手をのばした。

「……これいります?」

「なんです?」

ないよりましかもしれない。晴天祈願の『てるてる坊主』。

しかしセドリックに手渡そうとしたところで、背後の格子戸がからりと開いた。

「こんにちは。よく降るわねー」

現れたのは、『コロンブ』の千川仁希だった。

必要以上に驚いてしまったのは、彼女がランニング用のジップアップパーカと、ショートパンツにレギンス姿だったからだろう。どこのマラソンランナーかという出《い》で立ちだ。背中には、スポーツメーカーのロゴが色鮮やかなリュックサックまで背負っていた。前髪が形のいい額《ひたい》に張りつき、肩のあたりも湿っている。

「まさか走ってきたんですか」

「そのまさかよ、まさか。近いからすぐだと思って。ああ大丈夫、タオル持ってるしリュックは防水だから」

仁希は慣れた手つきでリュックからタオルを取り出して、自分と持ち物を手早く拭くと、そのままカウンターのスツールまで移動した。

「いくらあなたに口で説明しても、らちが明かないじゃない。実際に現物持ってくることにしたのよ。ほら」

続けて彼女が取り出したのは、ビニール袋に入った角食パンである。

すでに八枚切りに、カット済みであった。

「素晴らしい行動力ですね」

「皮肉とかいいわよ。そういうの嫌いなの。いいから四の五の言わずに食べてみて。話はそれから」

仁希の方が堂々として一歩もひかないので、けっきょくセドリックが折れた。

彼はカウンターに置かれた食パンを手に取り、その場で一枚ちぎって口へ入れた。

(あ)

紬にも、セドリックの変化がわかった。探るような青い目が、かすかに見開かれた。

見守る仁希が、自信を深めて口元をほころばせた。

「どう?」

「……そうですね。ちなみにですね、ここに梅のジャムというものがあるのですが」

「え、なに梅ジャム? 駄菓子にあったやつ? 食べてみてもいい?」

仁希はすでに行動を起こしていて、カウンターを回り込んでセドリックのそばに押しかけた。

「食パンは日本で生まれたパンですし、梅は合う素材だと思うんですが」

「確かにね。ん……悪くない。でもちょっと酸味がきつすぎるかな」

「青梅で作ったからですかね。完熟梅だとまた違いますよ」

「どう違うの?」

仁希もセドリックも、鍋を前にして真面目《まじめ》に話し込んでいて、どう見ても素人《しろうと》が入り込む余地はない。

こちらとしてもお邪魔になるのは嫌なので、そっと二人の脇を通って二階へ上がらせてもらうことにした。

「あ、鈴掛さん！　あなたも食べてみて！　これ！」

だというのに、カウンター内ののれんをくぐろうというところで、仁希に食パンを渡された。

黄みがかった、オリーブグリーンのジャムが塗ってあった。

（いや私、これから家庭教師のバイトなんですけど）

仕方がないので、もぐもぐと食べながら階段を上がる。パンはたぶん、以前トーストセットでいただいた『むぎの女神』の薄切りだろう。焼いていないぶんしっとり感が増し、薄く塗り広げた梅ジャムの、なめらかでシャープな酸っぱさも最高だと思う。

これに満足しないとはあの人たち、贅沢《ぜいたく》が過ぎないだろうか。

（というか、なんで千川さん、私の名前知ってるんだろ）

二階に上がると、ちゃぶ台に頬杖《ほおづえ》をつく武流がいた。隣で飼い猫のネコ太朗が、飼い主と同じ目つきで香箱《こうばこ》座りをしている。

「なにパン食ってんの？」

「……下に千川さん来ててさ」

「ああ、また？」

またと言われても。

「そんなにしょっちゅう来てるの？」

「店閉めた後とかにな」

まったく知らなかった。いつのまにそんなことになっていたのか。

ジャムつき食パンの残りを、急いで食べ終えた紬は、授業をはじめるべく座布団に腰をおろした。

バッグから筆記用具類を取り出そうとしたら、中のてるてる坊主と目が合った。

そうか、君を渡しそびれてしまったか——。

「なんだよドブス」

「ううん。武流君さ、これいる？」

一応見せてみる。白と水色のストライプてるてる。

「てるてる坊主？」

「うん。最近雨うっとうしいしさ。晴れた方がお客さん増えるし、洗濯物乾くし」

「……そこの紐にでも結んどいて」

「OKわかった」

許可が下りたので、紬は蛍光灯からのびるスイッチの紐に、てるてる坊主をくりつけた。

これでよし。

「じゃ、宿題の答え合わせから始めようか」

武流から、課題に出したプリントを受け取り、赤ペンのキャップを外す。

しかしそのまま黙って丸つけをしていたら、後頭部に激しい衝撃が走った。

（いだっ）

こちらの団子頭を踏み台にして、ネコ太朗が空中の『てるてる坊主』に飛びかかったところだった。

「ちょっ、この獣！」

「こら、危ねえだろネコ太朗」

ネコ太朗は前脚の爪だけ『てるてる坊主』にひっかかって、じたばたしている。武流が慌《あわ》てて抱き取って、畳に下ろしてやった。

気を取り直して授業を再開するが、やはり頭の上で揺れる白いものが気になるらしい。今度は武流の頭をカタパルトにして、再ジャンプしてくれた。

い。

「…………やっぱ外した方がいいねこれ」

「だな……」

爪が食い込んだであろう後頭部をおさえ、武流がうめく。これは勉強をする環境ではな
そこにてるてる坊主があるかぎり、猫の挑戦はやまないようなので、おとなしく取り外すことにした。

ネコ太朗は、本体と吊り紐だけになったてるてる坊主を、玩具《おもちゃ》のネズミよろしくつついて遊びだす。てるてる坊主のご利益《りやく》がどれほどのものかは知らないが、罰当たりで余計に雨が降りそうな気がしてきた。

それでも静かになったのは、何よりだ。

武流の勉強を向かいで見てやっていると、階下から、仁希らしい笑い声が聞こえてきた。

「菱田さんたち、コラボやるんだね」

「だから言ったろ、クソオヤジはああいうのに弱いって」

まさか、本当に仁希を気に入っているというのだろうか。

武流は算数の問題を解きながら、こちらを見ようともしない。

そういう動機で仕事をするのは不純じゃないかと思ったが、セドリックとて人間だと言

われれば、返す言葉もない。

かわりに紬は、部屋にある仏壇を見た。そこにはいつもと変わらぬ、武流の母でセドリックの妻だった人の遺影があるのだ。

別に直接面識があるわけではないが、こうやってバイトに来るたび写真と顔を合わせるのだ。なんだか昔からの知り合いのような気にもなる。

このもやもやの源流がなんなのか、紬は考えたあげく言った。

「……私、菱田さんは笑子《えみこ》さん以外好きにならないんだと思ってた」

「は?」

武流が、シャープペンシルを動かす手を止め、わざわざ顔を上げて聞き返してきた。いろいろ含蓄《がんちく》のこもった『は』だと思った。

「武流君はいいの?」

「……俺ね、このさいドブスでもとは言ったけど、ドブスじゃなきゃダメとは言ってないんだよ」

「は?」

今度は紬が聞き返す番だったが、武流は口をへの字にしたまま、勉学の世界に戻ってしまった。

まったく質問に答えていないと思ったから聞いたのに、勝手にふてくされるとはしょうがない子である。

(やっぱこういうのも、国語力ってやつなのかな)

文章力とか読解力とか。若者の活字離れとか。紬は今後の指導方針について思いを馳《は》せたのだった。

授業が終わって一階に下りていったら、店内にいたのはセドリックだけだった。

「終わりましたか、紬さん。お疲れ様です」

「……千川さんは?」

「とっくに『コロンブ』に帰りましたよ」

そうセドリックは言った。

「なんか盛り上がってましたね」

「うるさかったですか。申し訳ありません」

いや、別に。そういう意味ではなくて。

仁希のことを思い出したのか、セドリックはステンレスの作業台を拭きながら苦笑している。

「目標があることはわかるんですが、ついていく方は大変ですよ。とにかく議論を尽くして確認していくしかありません」

愚痴《ぐち》の形を取りながらも、楽しそうなのがわかるので、紬は余計な口を挟まずその場を離れようと思った。

「大変ですね。がんばってくださいね」

「──待ってください」

カウンターを出ようとしたら、セドリックに止められた。

いったいなんだというのだ。

「勘違いならお詫びしますが。もしかして怒ってらっしゃいますか」

「私が?」

「もしくは悲しい──?」

「……菱田さん、私の気持ち読むの得意じゃないですか」

「お顔に書いてある以上のものを、読むことはできませんよ」

何言ってるんだろうこの人と思った。ばりばりの理系畑のくせに。

本当に困惑した目をしているから、不思議だった。

「別になんでもないですけど」

今度こそそれだけ言って、紬は『竹善』を出た。

雨は相変わらず降り続けている。

このまま真っ直ぐアパートに帰るか、谷中銀座で夕飯の惣菜を買って帰るか悩みどころだ。

一つセドリックに同情する部分があるとするならばだ。本人にもはっきりしないものを読もうと思っても、無理だという点につきるのだった。

＊＊＊

翌日、午後十時。

店の閉店作業も終えて静まりかえった『竹善《ちくぜん》』の厨房《ちゅうぼう》に、セドリックは一人居残っていた。

『雑誌の取材が長引いてます。そっちに行くのは少し遅れるかも』

仁希《にき》からショートメールが来ていた。十五分前のタイムスタンプである。

その場で了解の旨《むね》を返す。

最近は思いつきで動く仁希のペースに振り回されるのにも、慣れはじめていた。これも適応と言うのだろうか。

本人自身に譲れぬ熱源があって、周囲の人間まで溶かすような情熱の持ち主は、希少なので尊重するべきだと思うのだ。そういう人を支えて生きたいと思い、最終的に日本に骨をうずめる選択をしたのが、若き頃のセドリックである。

（……もっとも、魂が目立ちすぎて神に召されるのも早い場合もありますが）

これは予想していなかったことである。

仁希がいない間に諸々《もろもろ》の用事をすませようと、奥の冷暗所に並べていた段ボール箱を、明るい所に持ってきた。

あらためて蓋《ふた》を開けたとたん、桃や杏《あんず》もかくやという甘い芳香が漂った。

どうやら、追熟《ついじゅく》は成功したようだ。

新聞紙を敷いた底には、黄色く変化を遂《と》げた梅の実が並ぶ。青梅の頃と別物のようだが、これが完熟した南高梅《なんこうばい》なのである。

馥郁《ふくいく》たる豊かな香りに、セドリックは満足よりもまず安堵《あんど》した。

いわゆるバラ科に属する梅の追熟がうまくいく、いかないは、一定条件の温度と酸素、そして植物ホルモン『エチレン』にかかっている。この『エチレン』が果実の呼吸量を急上昇させ、酸素の取り入れと二酸化炭素の排出を繰り返す中で、加速度的に熟れていくのである。

言い換えれば老化とも言えるこの追熟をコントロールするのは難しく、黄色くなる前にカビが生えたり、逆に熟れすぎたりと、ままならないことも多々あった。今回は上々だろう。

明日はこれを塩とともに容器に漬け込んで、梅干し作りを開始しようと思った。

再び段ボール箱をしまおうとしたところで、閉店の札を出したはずの千本格子戸《せんぼんこうしど》が、カラリと開いた。

「あ。なんかいい香りがするかも」

千川《ちがわ》仁希は、ノースリーブの黒いトップスに、グレイのタイトスカートを穿《は》いていた。ウェーブのかかった髪も下ろしているので、だいぶ雰囲気が違う。都会的で女らしい。

「……さすがの千川さんも、ジョギングウエアで取材は受けませんか」

「え？　別にただの気分だけど」

「そうですか」

しょせん、目に見えるものだけで他人の心情を推《お》し量ろうなど、おこがましいのかもしれない。昨日の紬《つむぎ》に対しても、同じようなことを思ったものだ。

「どうせ向こうが必要としてるのは、コックコート着て真剣な顔した絵面《えづら》だけだもの。他でどんな格好して何喋《しゃべ》ってようが関係ないわ」

――それでもその言い回しは、あまり仁希らしくないというか。

笑って語る彼女の横顔に、珍しく険のようなものを感じなくはなかったが、追及するのはやめた。

仁希はカウンター脇のスイングドアを押して、セドリックがいる厨房に入ってくる。

「それ？　いい匂《にお》いのもとは」

「梅を追熟させているところです」

セドリックの横合いから箱の中をのぞき込んだ仁希は、そのまま小さく歓声を上げた。

「へー、むちゃくちゃ綺麗ね。もう完全にフルーツじゃないの」

「フルーツなんですよ」

「わかったわ。今度はこれでジャムを作ってくれるってことね！」

「いえ、梅干し用ですよこれは」

そんなつもりはなくとも、すげない回答になってしまった。仁希の目が、みるみるつり上がった。

「あのね、やる気ある？　少しはこっちの仕事のことも考えてくれないかな」

「わかっていますよ。サンプルぶんぐらいはジャムにもしますから」

「じゃあこの後すぐ作ってね。約束よ。できるまで帰らないから」

「明日早いんじゃないんですか？」

セドリックは、かなり本気で聞いた。

パン作りの世界が、カフェ経営の比ではないタイムスケジュールで動いているのは、セドリックも知っているのだ。職人ともなれば、日の出前から働くことが普通なのである。

そのくせ仁希は、終業後の取材もほとんど断らないようだし、終わった後もこうしてコラボの打ち合わせなどに積極的だ。まともに寝ている暇《ひま》などないのではないだろうか。

すると仁希は、日本人離れした容貌をほころばせ、にこりと笑った。

「楽しみなことがあるとね、そういうのどうでも良くなるの」

「体壊しますよ」

働き方までどこかの誰かを思い起こさせるから、心配にもなった。

そんなセドリックの言葉を聞いた仁希は、にこやかな笑みを張りつかせたままこちらに一歩足を踏み出し、脇の作業台に勢いよく手をついた。

「――それじゃあ教えてくれる？　私はね、ただでさえ時間がぜんぜん足りないの。普通のパン職人が学校出て修業してる頃、なんとなくでＯＬなんて寄り道したせいで、スタートダッシュで出遅れまくってるのよ。挽回《ばんかい》するにはどうすればいいと思う？」

「それは……」

「巻き返すためには、私なりに頭も使ったし、捨てるものも必要だった。たとえば――食パン以外のバゲットやデニッシュとか」

仁希は、きちんと口紅を塗った唇を歪《ゆが》めて自嘲《じちょう》した。

「ようはね、他をきちんと修めている時間がなかったのよ。リソースを一つにつぎ込んで一点集中して、それでようやく周りに並ぶか一歩抜けることができたの。うちの店が食パン専門店なんていうのは、単なる後づけの理屈よ。周りの人がご親切につけてくれたものに、ただ乗りしたのよ私」

「悪く取り過ぎですよそれは」

「ううん、取り過ぎじゃない。今日だって取材する人のイメージ通りに全部喋って写真撮られて、さもこだわりの女職人ですって装《よそお》ってみせて。おかしくない？　薄っぺらい自分に反吐《へど》が出そうだけど、今さら他にどうしようもないのよ――」

「千川さん。もうそれ以上はやめてください」

自罰感情に囚《とら》われて前が見えなくなっている仁希に届くよう、あえて強く言った。

それは彼女にとって、パンドラの箱を、自《みずか》らこじ開けて中身を見せつけるような作業だった。

許しがほしいのかもしれないが、それ以上に傷が広がるだけだ。

「文字通り他人がかまえた店で、瓶詰めの専門店なんてものをやっている人間として言わせてもらいますがね。何か一つのことを深掘りするのも、また覚悟なんだと思いますよ」

愛情と根気がいる。他に逃げずに戦う人の言い換えでもある。

わかるだろうか。

セドリックは、最後に少しだけ表情をやわらげた。

「自分で自分が許せなかろうが、赤の他人がなんと言おうが、千川さんの努力は本物だと思いますよ。そうでなければ、あの素晴らしい『むぎの女神』なんてものが生まれるわけないじゃありませんか」

セドリックを見ている仁希の両目が、何度かまばたきを繰り返した。ほとんど呼吸も止めていた彼女は、そのまま自分の顔をおさえて涙をぬぐったのだった。

「ごめんなさい。もう平気。ありがとう」

しばらく泣いていた仁希は、落ち着いてからセドリックに礼を言った。

直前に受けた取材で、不本意なことを訊かれて気持ちの整理がつかなかったこと。そのせいで過敏に反応してしまったのだと、教えてくれた。それもいいと思う。一人で何もかも背負っていれば、そういうこともあるだろう。

そこから仁希も気持ちを切り替え、本来の打ち合わせを始めた。

「――まずは当初の目的からいきましょう。この中で選ぶとしたら、ＡＢＣのどれがいいですか」

もともとは、『竹善』で始めるコラボランチの、試食をしてもらうはずだったのだ。カウンターに並べたのは、仁希から提供してもらった『コロンブ』のパンを素材にした三皿だった。

Ａの皿は、ライ麦入り食パンを使ったオープンサンドだ。

片面にバターを塗ったあと、『竹善』のオイル漬け茸《きのこ》とすりおろしたチェダーチーズを載《の》せて、オーブンで焼きあげてある。仕上げにはイタリアンパセリを振った。

「色合わせが綺麗ね。ライ麦の風味って苦手な人もいるんだけど、これは食べやすそう」

「Ｂがフレンチトーストです。パン・ド・ミに卵液をひたして焼きました」

「この上に載ってるソースは何？」

「ミックスナッツの蜂蜜漬けです。これもうちの瓶詰めですね」

本番には、フレンチトーストに加えて、簡単なサラダも添える予定だ。

「なるほどね。パン・ド・ミは日本式の食パンよりもバゲットに近い食感だから、フレンチトーストは正解だと思う」

「ありがとうございます。最後がCのホットサンドです」

「ねえ聞いてもいい？　レーズン入りの食パンを使って焼いたの？　なんで？」

「はい。それぞれ中身が違うからです」

仁希はホットサンドメーカーで焼き上げられた食パンを凝視《ぎょうし》している。味を疑っているのかもしれないが、具材の組み合わせとしては、最高だとセドリックは思うのだ。

「一つは自家製のドライカレーペーストで味つけした合い挽《び》きミンチで、もう一つがパンプキンジャムとクリームチーズです。どうぞ召し上がってからコメントを」

「わかったわよ……」

論より証拠を重んじるのは、仁希も同じだろう。セドリックに言われた通りにナイフとフォークを使って、ホットサンドを口に入れた。

「……あ、ほんとだ」

「悪くないでしょう？」

「ドライカレーは辛《から》いのに、レーズンの甘いアクセントですごく合う。カボチャはデリ風になってるし」

その通り。相変わらず反応が速い。

「他のも意見を聞かせてくださいよ」

「もちろん」

仁希はAやBの皿にも手を伸ばし、率直に食べた感想と意見を述べた。分野は違えど食の業界にいる人間らしく、こちらの意図も的確に汲《く》んでくれた。

セドリックは仁希の隣の席に腰をおろし、そんな彼女の言葉を含めた反応を見るだけで良かったので、わかりやすくはあった。

最後に仁希が言った。

「でもこのランチ、ABCどれも『むぎの女神』は使わなかったのね。ライ麦とかレーズン入りとか、そういうのばっかりで」

「ああ。あれは上等すぎて、正直トーストにジャムぐらいしか思いつかなかったんですよ。それじゃ『コロンブ』のイートインのメニューと一緒じゃないですか」

仁希は大笑いした。

「最高級の肉を、レアステーキ以外に使わないのと同じです」

「どうもありがとう。すごい嬉しい」

「こちらこそ」

笑って上気した頰《ほお》のあたりは、その後もしばらく赤いままだった。

「で、どうですか千川さん。この三種の中から、一つ選ぶとしたら」

「ええ？　そうだな――」

仁希は、機嫌よく試食の三皿を見比べた。

「だめ。選べない。全部採用っていうのは？」

「それですと、『竹善』のランチが全部コラボの特別メニューになってしまうんですが」

「いいじゃない別にそれでも」

あっさりと、こちらの意見を肯定してしまった。

「そうよ菱田《ひしだ》さん。いっそ特別とか限定なんて銘《めい》打たないで、仕入れるパンを全部『コロンブ』にすれば？　今使ってるパン、悪くはないけど普通でしょ？」

「それは……色々考えないといけませんね」

「絶対その方がいいわよ。うち、お店に直接卸《おろ》すのはやってないけど、あなたのところならいいわよ。毎日届けてあげる」

「走ってですか？」

「そう。自転車でもいいけど」

仁希は悪戯《いたずら》っぽく微笑んだ。

カウンターに軽く上体を預け、隣に座るセドリックを見やると、豊かに波打つ黒髪が、ノースリーブの肩からこぼれ落ちた。

「生きてるとね、人生に必要なピースが突然わかるってことあるでしょ。私にとってはパン作りが最初で、たぶんその次が『竹善』のジャムで」

「光栄なお話です」

「あなた自身もそうなのかもしれない。セドリック」

仁希の言いかたに軽口めいた響きはなかった。こちらの次の言葉を待つ『竹善』の店内は、時が止まったように静まりかえった。

＊＊＊

翌日。

紬が家庭教師のバイトのため、『竹善』に顔を出したら、セドリックの他に仁希がいた。

いつもの紺エプロンをつけたセドリックの横に、同じようなエプロンをつけた仁希が立ってにこにこしているわけである。紬は目を疑ってしまった。

「いらっしゃい、紬さん」

「上で家庭教師やってるんですって？　偉いわねー」

まばたきしてからあらためて見ても、現実は変わらず。

なぜこうなっているかはさっぱりわからなかったが、身についたポーカーフェイスを駆使し、何事もなかったように続けた。

「……何やってるんですか」

二人して。

なんか仲よさそうに。

「この間の梅が完熟したので、梅干しを漬けようと思うんですよ」

「そうそう。ジャム貰《もら》いに来たら面白いことしてたから、見せてもらおうと思って」

そういうことらしい。

厨房に立つ仁希は、以前に紬も参加した、梅のヘタ取りをしていた。すっかり青みが抜けて黄色と赤に熟れた梅の実を、さらしで拭《ふ》いて竹串でつつくあの作業だ。

「鈴掛《すずかけ》さんも見学してく？」

「……バイトあるんで……」

「いいじゃない、ちょっとくらい平気だって。ばれないから」

「私はここにいるんですが千川さん」

仁希はわざとらしく聞こえないふりをした。

そういう二人が一瞬夫婦に見えたなんて、とても言えない。

「でも紬さん。予定の時間よりはまだ早いですから、ご覧になるのは自由ですよ」

紬が実際にこの目で見たわけではないが、笑子《えみこ》が生きていた頃の『竹善』は、よくこんな光景がくり広げられていたのではないだろうか。そんな感じの馴染《なじ》み具合なのである。

「……じゃあ、ちょっとだけ」

紬はカウンター側に腰掛けた。

仁希の方で全部の梅の処理が終わると、セドリックが大きなホウロウの容器を殺菌消毒し、梅と粗塩《あらじお》を交互に入れていく。

思ったよりも、粗塩の量が豪快だ。

「……それ、どれぐらい入れるものなんですか」

「だいたい重量の一五から、一八パーセントの塩分量で作ってますね」

「そんなに？　今減塩の梅とか、色々あるじゃない」

隣の仁希も驚いていた。

「保存性を考えると、塩分はあった方がいいんですよ。減塩にしたかったら、食べるぶんだけ水に漬けて塩抜きすればいいんです」

「え。なに、そういう理屈」

「はい。そのあと蜂蜜に漬けると、ちまたによくある蜂蜜梅になります」

仁希が、愕然《がくぜん》と目を見開いた。おそらく紬も面《おもて》に出やすい性分だったら、似たような驚愕《きょうがく》の表情になっているに違いない。

「どうしよう鈴掛さん。私ね……この年まで蜂蜜梅って、塩と蜂蜜を一緒の樽《たる》に入れて漬け込んでるもんだと思ってたんだけど」

案ずるな。私もだ。

「一応プロなのに……イギリスの人に教えられた……」

「もういいですか？　重しをしたいんですが」

ひとしきり打ちひしがれる仁希に、セドリックが優しく無情な言葉を投げていた。

こうして塩と梅が全て入った容器に、今度は上から平皿を置き、さらにその上からぶ厚い円盤状の重しをのせる。

現代の漬物石は、石ではなくポリエチレン製だ。

「これで、梅の水分が上がってくるまで待つわけです」

「あーあ。あんなに甘くていい匂いだった梅が、今は塩にまみれて重しの下、か。梅干しって罪な食べ物」

「人はみな罪人であると言うじゃありませんか」

「うちって先祖代々浄土真宗《じょうどしんしゅう》なんだけど」

ああ、違いは視線なのかと思った。

前より仲が良さそうに見えるのは、二人の目がよく合うからかもしれない。特に仁希の眼差《まなざ》しが、すっかり優しくなったような気がする。

——やっぱりすっきりしない。微妙にもやもやする。

いいのかよ、笑子さん。虎太朗《こたろう》はともかく、義理の息子まで気にしていないような状況で、部外者の紬は死んだ人に意見を求めてしまうのである。

寂《さび》しくないのか。辛《つら》くないのか。

それとも天国にいる人は、こんな感傷持ち合わせずに、この世に残した家族の幸せを願うものなのだろうか。

「あ、そうだ鈴掛さん」

いきなり名前を呼ばれ、物思いに沈みかけていた紬は、はっと顔を上げた。

「もし良かったらなんだけど。明日『コロンブ』の方に顔出さない？」

「……え。なんで……ですか」

「イートイン用の候補がだいたい出そろったから、実際にパンと合わせて意見が聞きたいのよ」

コラボのジャムのことらしい。

唐突に人見知りを再発させた紬は、内心戸惑《とまど》いまくったあげく、子供のようにセドリックの反応を窺《うかが》ってしまった。

「私からもお願いしますよ」

「鈴掛さんぐらいの年の子のモニターって、すごい貴重だから。お願いできる？」

大天使も、行け紬と言っているようだ。

——こういう時に、行きませんと突っぱねられるほどの、気概もボキャブラリーも紬にはなかった。

「開店頃に来てくれたら、焼きたてのお土産《みやげ》もつけるから」

「……わかりました」

なんだか餌《えさ》に釣られた腹ぺこ人間のようなタイミングになってしまった。なぜこうなる。

* * *

当日の朝。紬はいやしくも、朝ごはんを抜いた。

(——いや、いやしいわけじゃない。パン屋の開店時間が早いだけ……)

調べてみたら、『コロンブ』は午前八時開店だった。

そのまま大学に行けるよう教科書類も持って、ついでに言えばお土産を貰う前提で、弁当の用意はしなかった。やはりいやしいと言えば、いやしいかもしれない。

天気は相変わらずぐずついていた。

それでも不忍《しのばず》通りの『コロンブ』では、開店を待つ人が二、三人いたのがすごい。

紬が着いたところでちょうど開店時間になったようで、自動ドアが開いて客が吸い込まれていった。

紬も後に続くと、販売用のユニフォームを着たアルバイトや、焼き上がったパンの品出しをしている製造スタッフが、いっせいにこちらを向いた。

「いらっしゃいませ!」

活気に満ちた挨拶《あいさつ》に、圧倒されてしまった。

どうしよう。勝手口か何かから訪ねた方が良かっただろうか。こちらは厳密に言うなら、客ではないのだ。

「ああ、鈴掛さん！　来てくれてありがとう。こっちこっち」

遅れてコックコート姿の仁希が顔を出してくれたから、ほっとした。隣にあるイートインのカフェスペースへ行けと指示が出た。

紬は入り口から死角になる、目立たない席に座らせてもらった。

「ちょっと待っててね」

仁希がその場を離れた。

壁一枚向こうにある製造の現場は、開店してからも大忙しのようで、業務用オーブンのタイマーが切れる音、人と人がすれ違うかけ声などが聞こえてくる。

（……当たり前だけど、パンって毎日お店で手作りしてるんだな）

こういうところを切り盛りしている仁希は、お世辞ではなくかっこいい人だと思う。自分にはとても真似できそうにない。

「お待たせ」

しばらくすると、その仁希がトレイを持ってやってきた。

紅茶のポットと、こんがり焼けた角食パン。その横に、種類の違うジャムの入った小皿が計四枚。

　朝食を抜いてきた胃腸が、さっそくグウと鳴り出しそうだ。

「遠慮なく感想を聞かせてね。まずパンの方は前と一緒で、『むぎの女神』と『パン・ド・ミ』と『天然酵母《こうぼ》・胚芽《はいが》角食』の三種類。合わせるジャムは右から『青梅』と『完熟梅』、王道『苺《いちご》』と『ブルーベリー』の四種類」

　弁舌さわやかに説明をしてくれた。

『青梅』は、紬がこの前食べたオリーブグリーンのジャムだ。その隣に、黄桃《おうとう》か杏もかくやという黄色いジャムがあった。

「……これが、完熟梅ですか」

「そう。昨日菱田さんが、どさどさ塩かけて梅干しにしてたやつ」

　ジャムがおにぎりの具に聞こえるから、やめてほしいと思う。

　けれど実際に『むぎの女神』と一緒に『完熟梅』を食べてみたら、はっきりとした違いに驚いた。

　もう一度『青梅』ジャムを食べてみるが、やはりこちらはシャープな風味が際立《きわだ》っている。梅らしい酸味がかなり利《き》いたジャムだ。一方『完熟梅』は、梅は梅でも香り甘やか。酸味もかなり控えめだ。

　まさに青春と円熟期の違いというべきか。

残りの『苺』と『ブルーベリー』も順番に試食してみた。

「どう？」

紬は、もぐもぐと咀嚼《そしゃく》しながら考える。

（おいしいですよ？　それはもう）

セドリックの作る瓶詰め保存食は、基本的に高め安定のクオリティーだし、仁希のパンがお値段以上に美味なのは確認済みである。この二つが組み合わされば外れるはずがなく、実際以前の苺ジャムとホイップバターに比べると、格段に満足度が上がっているのではないだろうか。

しかしモニターというのは、ただおいしいですと答えればいいわけではない。ちゃんとした言葉にして感想を言わねばならないのだ。

口の中のものがなくなってから、紬は一気に言った。

「……青梅ジャムは、薄切りのパンに薄く塗ってカリッと食べたいです。完熟のは、厚切りに厚塗りしてモリモリといきたいです」

「なるほど。どちらにも利点はあるのね」

「苺とブルーベリーは、むしろ焼かないジャムサンド路線が好みです」

「あえて一つ選ぶとするなら？」

「……完熟梅、ですね」

「改善点はない？」

「ついてきた紅茶がちょっと渋いです」

真剣に考えすぎて、眉間《みけん》に皺《しわ》が寄っていないかが心配だった。

しかし仁希は、特に気にするわけでもなく笑顔になった。

「ありがとう。貴重なご意見感謝だわ」

「こんなんでいいんですか」

「もちろん。丁寧《ていねい》すぎるぐらいよ」

そうなのか。ただで朝ご飯が浮いたようなものなのだが。

「良かった。鈴掛さんなら真面目で信頼できるって、菱田さんが言ってたのよね」

セドリックが？

嬉しそうにしている仁希は、やはり以前とは違う気がするのだ。

「私……昨日『竹善』に入ったら、夫婦がいるぞってびっくりしたんですよ」

とたんに仁希が、激しく咳《せ》き込みだした。

「……大丈夫ですか」

仮にも食べ物を扱う店で、そのオーバーリアクションは心配になる勢いだったが、幸い席が陰になっていて他の人には気づかれなかったようだ。

「だい…………じょうぶも何も。そんな超真顔で不意打ちくらわすのやめてよ」

なんとか持ち直して顔を上げてからも、まだ耳の端あたりが赤い。

「すみません。これ地顔なんです」

「……地顔」

「はい。残念ながら」

「OKありがとう。ちょっと嬉しいかも」

そんな仁希の言葉で、これまで薄々思っていた疑念が確定になったようなものだった。

やはり彼女は、セドリックのことを好きになったのだ。

これでセドリックも仁希を気に入っているというなら、もはや構図としては完璧《かんぺき》。完全な両思いではないか。

わかってしまったら、なおさら大したことは言えなくなってしまった。

「昨日、なんかあったんですか？」

「だから真顔で直球やめてよ」

申し訳ない。また考えた末に暴投してしまったようだ。

「……別にね、そうはっきりしたことが聞けたわけじゃないんだけど。でも感触は悪くない……気がするというか」

目を泳がせながら喋る姿は、耳どころかますますあちこち赤い。

「ま、そういうことで。お土産用意するね、待ってて」

仁希は羞恥《しゅうち》のあまりか、紬の返事を待たずにきびすを返した。そのまま一歩二歩と踏み出したところで、前のめりにテーブルへ手をついてしまう。

（え）

コックコートの腰のあたりをおさえて、固まってしまっている。

おいおい。いくらなんでも、たかが色恋の首尾を問われた程度でリアクションが激しすぎやしないだろうか。外国人ですか。紬がそう思って横から顔をのぞき込もうとしたら、仁希はそのままくずおれて床へ倒れてしまった。

（は――？）

冗談だと言ってほしかった。しかし、倒れた仁希はきつく目を閉じたまま、まったく動けないようである。

あれだけ赤かったはずの顔からも、血の気が引いていた。

つまりだ。

これは本気なんだ。

本当のことなんだ。

紬はあたりを見回し、声をはりあげた。

「あの、すみません！　誰か！」

突然すぎてかなり裏返ってしまったが、販売フロアのアルバイトが、こちらに気づいてくれた。

次いで食パンのケースを持った、製造スタッフも。

「千川さんが――」

「店長！」

「仁希さん！」

それからは、蜂の巣をつついたような大騒ぎだった。一一九番通報がなされ、十分後には救急車が『コロンブ』の前に停まったのである。


仁希が救急車で運び込まれたのは、御茶ノ水《おちゃのみず》にある大学付属の総合病院だった。

紬は正面玄関の前で、さっきから一時間近くうろうろしている。

（もう二時過ぎたよ……まだ来ないの菱田さん）

時計がわりのスマホ片手に気を揉《も》んでいたら、黒いこうもり傘をさしたセドリックが、遠くからやってくるのが見えた。

ようやく来たか。

あの天然の金髪は、嫌でも目立つ。紬はスマホを鞄にしまって、ここにいるぞと手を上げた。セドリックも、紬に気づいて駆け寄ってきた。

「すみません。店にいて着信に気づかなくて」

「いいですよそれは」

お互い喋りながら、目の前の自動ドアをくぐる。

「私も慌《あわ》てて、何がなんだかわからなかったんですよ。いても何もできないし」

「それで、千川さんは？」

「処置が終わって、一般の病室に移ったらしいです」

紬は、ここ数時間の出来事を振り返った。

仁希が倒れた後、到着した救急車に同乗したのは、紬ではなく店の人だった。

紬も後から搬送先の病院に駆けつけてみたはいいものの、特に何ができるというわけでもなく。ただ、付き添いをしていた男性従業員と入れ替わることで、その人はいったん店に戻ることができ、その間紬はセドリックに連絡することを思いついたのである。

「菱田さんには、言っておいた方がいいと思って」

千川仁希のビジネスパートナーで、好きな人なのだろうから。

歩きながらこちらを向いたセドリックは、やや物憂《ものう》げな眼差《まなざ》しで「Thank you」とだけ呟《つぶや》いた。

「面会はできるんですか」

「はい。ええと、まずは受け付けをして――」

「そこのカウンターですね。行きましょう」

ほとんどセドリックに先導される形で、面会の申請手続きをした。

仁希の病室がある階までは、エレベーターで上がった。セドリックは、該当階のナースステーションの看護師に声をかけ、それから仁希がいる個室に向かった。

問題の仁希は、病院で貸し出している寝間着姿で、点滴を受けながらベッドに横たわっていた。

「うそ……来たの」

「結石だと伺《うかが》いましたが」

教師の面談のような硬い口調のセドリックに対し、仁希は青白い顔色ながらも笑顔になった。

「そうそう。なんかいつもの腰痛かと思ったら、それどころじゃなくて大変だったわよ。死ぬかと思った」

「あなたという人は――」

セドリックは、深々とため息をついた。そして、後ろにいた紬を振り返った。

「すみません紬さん。ちょっと二人で話をしたいのですが、席を外していただけますか」

「……え」

「すぐにすみますから」

セドリックの目つきが本気のようなので、紬は慌てた。

「わ、わかりました。失礼します」

「近くに談話コーナーがありますから」

早歩きで遠ざかろうとする紬の背中に、セドリックのフォローの声が飛んだ。

彼が言うとおり、廊下をしばらく歩いたら、椅子とテーブルが並ぶオープンスペースがあった。ここで入院患者や、見舞い客が歓談するのだろう。

――逆に言うなら、ここで待てと指示された以上、二人の会話は絶対に聞くなということだ。

まあ、別に聞きたいわけでもないが。そんな男女の込み入った話なんて。わざわざ断りを入れてくれた配慮に感謝するべきだろう。つもる話でもなんでも、いくらでもしてくれというものだ。

　そうして紬は、誰もいない談話コーナーで、あえて椅子に座らず、窓の向こうの雨模様などを観察していた。

　しかしセドリックは、思ったよりもずっと早く現れた。

「紬さん」

　声に驚いて振り返れば、セドリックが足下を指さした。

「私の方は終わりました。一階のロビーに下りていますね」

「……あ。そ、そうですか」

「それではお先に」

　こちらはビルの隙間《すきま》から、上野《うえの》公園が見えるかどうかとか、そんなことしかしていなかったのにだ。

（え、何分たった？　十分たってないよね？）

　気のせいだろうか。

　仁希に挨拶もなしに帰るのもなんなので、迷いながらも病室へ戻った。

　彼女は変わらずベッドの上で点滴につながれていて、そしてなぜか枕を顔面に乗せていた。

「……ち、千川さん？」

「…………その声は……鈴掛さんか……」

枕が喋っているようなものだった。

つい数分前まで普通だったのに、いったい何があったのだ。

「……どうかしたんですか」

「どうしたもこうしたもないっていうか……まあ普通に仕事のことよね。コラボの契約、なしにしてくれって言われた」

「は？」

仁希の話は、紬が予想していたものとだいぶ違っていた。

「──色々考えたんですよ。『コロンブ』さんがうちの店のジャムを評価してくださるのは、大変ありがたく光栄なことだと思っています。でも、私の思う店のあり方まで変えたいとは思えないんですよ」

病室で仁希と二人きりになってから、セドリックはおもむろに切りだしたという。

語り口はいつものように穏やかかつ紳士的で、しかし真剣な表情に笑みが交じることは決してなかったそうだ。

「私にとって『竹善』は、妻が始めた瓶詰め保存食の店です。そのままでは食べきれない季節の食材を、長く楽しめるようにするためのソリューションを提供する。世界各地の先人の知恵を、実践《じっせん》とアレンジを通じて、お客様の日常にフィードバックしていただく。そのための場なのだと教えられました。ジャムを作るのも、『竹善』の理念があるからです」

「……そうよ。とてもおいしいと思ったから。だから私」

「『コロンブ』のパンは、どれもみな上等です。文句の付け所もありません。ですがうちの通常メニューに入れるには、価格帯から何もかも変えないといけないでしょう。上等のパンの良さを引き出すための料理になり、上等のパンに見合うドリンクになり、それはもう食材を楽しむための『びんづめカフェ』にはならないと思うのです。妻の目指していたものではない」

「……奥様が大事？」

「ええ。最愛の人です」

彼は微笑とともに、真摯《しんし》で残酷な気持ちを口にしたのだった。

真っ白な四角い枕が、仁希が喋るたびにもごもごと微動した。

それは確かに男女の話であり、そして徹頭徹尾《てっとうてつび》仕事の話でもあった。

「だからこの話はなかったことにしてくれって……あと今は個人的なつきあいをする気もないんだとも言われた」

そういう感じで、紬が正面から聞くのは憚《はばか》られような話を、文字通り聞き取り辛く語られたのである。

どう答えればいいのだろう。どう返すのが正解なのか。

尻のあたりにコミュ障の殻《から》をつけたままの紬が、返事に窮《きゅう》して押し黙っていると、仁希が唐突に枕を外した。

「いやね、言ってることは、いちいちもっともなのよ！　ごもっとも！　変に回りくどく言われるよりは、いっそすっきりさっぱりブラボーっていうか。たぶんここまで言われないと私わからなかったし！」

彼女の目は、真っ赤だった。

天井に向かって気持ちをぶちまけながら、自分自身にも言い聞かせているように思えた。

正直もし紬が仁希と同じ立場に置かれたなら、こうもこてんぱんに自分の希望をへし折られて、無事でいられるかわからなかった。

「……千川さんは強いと思う」

「でもさ。よりにもよって、こんな人が一番弱ってる時に言う？　しかも仕事とプライベートのダブルで。あれは何、鬼？　悪魔？　顔は天使みたいなのに」

外見についての見解も、ほとんど一緒だったようだ。

そこに看護師がやってきて点滴の交換をはじめたので、紬は入れ替わりで病室を出ることにした。

「まあ大丈夫よ。伊達《だて》に年食ってるわけじゃないし」

それでもだ。

最後にもう一度ベッドを振り返ると、再び枕で顔に蓋をした仁希が、点滴をされていない方の腕を持ち上げ、小さく手を振ってくれたところだった。


そのままエレベーターで一階に下りて、ロビーにいるというセドリックを探した。

フロアは病院関係者に加え、外来の患者や面会者などが行き来して、ひどく混雑していた。しかし何度も繰り返し述べるが、こういう時でもセドリックを探すのは、ただの日本人を探すよりずっと簡単なのだ。

彼は外来受付から少し離れた絵画の前で、知らない中年女性と立ち話をしていた。丸襟《まるえり》のアンサンブルを着込んだ女性的な服装からして、授業参観にやってきた主婦といった雰囲気で、もしかしたら武流《たける》の同級生の保護者か何かかもしれない。

紬が下りてきたことに気づくと、セドリックは「それではお大事にしてください」と女性に話して、会話を切り上げた。

「終わりましたか」

セドリックがこちらにやってくる。

ええまあ、一応。話をしたというか、病室の中で儚《はかな》く砕け散った千川仁希に、手を合わせてきただけとも言うが。

「天気も悪いですし、タクシーで帰ろうと思うんですよ。あちらに乗り場があります」

セドリックは何事もなかったように、紬をエスコートした。

「あ、その前に面会票とバッジですね。貸してください、返してきますから」

「……なんか詳しいですよね、菱田さん」

思わず聞いてしまった。

さっきから自分の庭を歩いているような感じで、面会の手順も手取り足取り。この病院の関係者かと思うぐらいだ。

するとセドリックは、痛いところを衝《つ》かれたというように苦く笑った。

「それは……詳しくもなりますね。奥さんが入院していたところなので」

今度は逆に、紬が胸を衝かれる番だった。

確かにそれなら、面会のシステムなど当然熟知しているだろうし、ナースステーションでの挨拶が手慣れていてもおかしくない。

(馬鹿)

まだ小さい武流の世話をしながら、最愛の妻の店を切り盛りし、その妻の見舞いにも通い、そして最期《さいご》を看取《みと》った場なのだ。

「沢山の人のお世話になりましたし、知り合いもできましたよ。さっきの女性も、奥さんと同時期に入院されていた方なんです」

「ごめんなさい」

「なぜ紬さんが謝るんです?」

「嫌なこと思い出させたと思うから」

一方に肩入れするあまり、もう一方の痛みに気づかない。それが自分だった。

さして言葉が多い方ではないのに、何か言ってしまってから後悔するのだ。いつもいつもそうだった。

自己嫌悪に陥《おちい》る紬に、セドリックは優しく目を細めて笑った。

「大丈夫ですよ。ありがとうございます、紬さん」

病院敷地内のタクシー乗り場で車を拾って、谷中《やなか》へと戻った。


雨のせいか車はなかなか進まず、視界ではフロントガラスのワイパーが、規則正しく振れ続けている。

年配の運転手がさきほどから流しているのは、AMラジオの人生相談だ。紬が耳を傾けるふりをして何も言わずにいると、セドリックが思い出したように言った。

「そういえば……『コロンブ』さんとのコラボは、中止になると思います」

まるで不可抗力のような言い方である。

「驚きませんか。もう聞いたんですね」

「……はい……千川さんから、だいたいは……」

「私のわがままなので、申し訳ない話です」

セドリックは苦笑していた。

確かにせっかくの知名度アップの機会がふいになって、本来ならがっかりしなければいけないのかもしれない。

けれど仁希には悪いが、今の紬はセドリックの選択にほっとしてもいるのだ。

彼が『竹善』と笑子を、今でも大事に思っているのがわかったから。

もうバイトに行っても、仏壇に目をやるたび、もやもやしないですむだろう。

同時に気をつけないといけないと自戒もした。

「……どうされました？」

「……怖いなあって考えてたところです」

万が一この人に恋でもしたら、成就《じょうじゅ》することはまずない。仁希よりひどく泣くことになる。

くわばらくわばらと、心の中で呟いたのだった。

＊＊＊

それから一週間ほどした頃だろうか。

紬が日暮里《にっぽり》織維街で買い物をして、谷中のアパートに帰ろうとしたところで、ものすごいものを目撃してしまった。

なんと分厚い雲が割れ、隙間から青空と太陽が見えているのだ。

さしていたビニール傘を、おそるおそる下ろした。頬に雨粒があたらない。止《や》んでいる。

たったそれだけのことだが、何か大事件のように思えた。

（晴れた）

アパートに戻るはずだった足を、急遽《きゅうきょ》その場で方向転換させた。向かった先に見えてくるのは、白いのれんと千本格子戸だ。

カウンターの向こうにいたセドリックに、今すぐ急いで外を見ろとジェスチャーする。

「どうされたんですか」

外！　晴れだ！　太陽なのだ！

無表情のまま興奮する紬とは対照的に、セドリックはのんびりとしたものだった。

「ああ、止んだんですね。さすがの御利益《ごりやく》ですね」

急ぐふうでもなく店の外に出てきて、梅雨《つゆ》の貴重な晴れ間に目を細めている。

「……御利益？」

「どうせならご覧になっていきますか。当店の貴重なご神体」

なんだかうさんくさい展開になってきた。

「答えはお手洗いにございますよ、レディ」

にこにこ馬鹿丁寧に、何を言いだすのだこの人はと思った。

とりあえず促されるまま店内に入り、座敷の横にある手洗いのドアを開けた。

元寿司屋の面影《おもかげ》を残して、水回りのインテリアは和風に統一されている。鏡の下に、小さな紫陽花《あじさい》が活《い》けてあった。

別にいつもと変わらないじゃないかと、入ってきたドアを振り返ったら、フックに『てるてる坊主』がぶら下がっていた。

例のストライプてるてるである。

紬は眉間をおさえながら、手洗いを出た。

「いかがです?」

「……まさかあれのおかげだって言うんですか」

「はい。飾ったのは、なんと今日からなんですよ。偶然ではないでしょう」

「どんどん非科学的になってませんか、菱田さん」

こうして憎まれ口を叩《たた》く自分の顔が、どうかそのまま憎たらしくなっていますようにと、紬は心の中で願った。

だってそうだろう。ちゃんと使ってくれて嬉しいなどと、簡単に伝わってしまっては困るのである。

「とにかく、晴れたんですから。このままお客さん増えるといいですね」

「そこはまあ、期待はしすぎないように」

「呑気なこと言ってる場合ですか。コラボの件だって断っちゃったのに」

「そう言われると耳が痛いです」

紬が多少の八つ当たりもこめて、目の前のイギリス人をとっちめていた時である。


「こんにちは――晴れたわねえ！」


いきなり千本格子戸から、人が入ってきた。

カラフルなスポーツブランドのTシャツに、七分丈のスウェットパンツとスニーカーという出《い》で立ちだ。

（千川仁希）

紬は目を疑った。こちらの記憶が確かなら、この人は結石で倒れて入院したあげく、失恋とコラボ解消のコンボをくらった『ハード可哀想な人』のはずである。どうしてここで「暑い暑い」などと言ってタオルで顔を拭いているのか。

驚いているのは、セドリックも一緒のようだった。

「どうも……お体の方はもういいんですか」

「うん、まあまあよ。昨日からやっと職場復帰できたの。コラボの遅れも、早いところ取り戻したいしね」

「あの、その件についてはお断りしたはずで――」

「それなんだけどね、菱田セドリックさん」

仁希はセドリックが言い終わるのを待たず、白木のカウンターに上体を預けた。

「あなたが大事な『竹善』のイメージを守るために、うちのパンを置きたくないっていうのは、よーくわかるし納得もいくの。でもね、よくよく考えてみて。『竹善』のジャムをうちで使うことに関しては、なんの問題もなくない？　私それでなんにも困らないんだもの。問題は分けて考えるべきじゃない？」

一見フランクに、しかし本気で凄《すご》んでみせる姿は、ある種の気迫にあふれていた。

間近で凄まれた形のセドリックは、彫像のように固まっていたが――やがて深いため息とともに額をおさえた。

「Oh....my God.」

「というわけでジャム作って」

「なんと申しますか……あなたは非常に懲《こ》りない方なのですね」

「ええそうよ。その気もない相手にちょっと言い寄られたぐらいで商売のチャンスまでふいにするなんて、馬鹿のすることよ。あなたは馬鹿じゃないと信じてるわ菱田さん」

とうとうセドリックが笑いだした。

「わかりましたわかりました。負けましたよ」

「売るから作って」

大真面目な仁希に、セドリックが言葉で白旗を振り、関係は続くらしい。

入院中に考えたというコラボのパワーアッププランを喋りだしたので、紬は邪魔をしないよう店を出た。

確かに、この勢いには脱帽だ。

畳んだビニール傘を持って、青空が反射して映る水たまりを、大股《おおまた》で飛び越えた。

空では雨が降ったり止んだり、地上ではめげたりへこんだり。どっこい懲りていなかったり。そんなふうにしてこの世界は回っているらしいのだ。

（――お、虹だ）

それはそれで、きっと悪くないのだった。

第2話

マーマイト！　マーマイト！
マーマイト！

「はいそういうわけで——第ウンウン回必勝戦略会議。最終結論を発表いたします。各方面の人に意見を聞いてみた結果、『竹善《ちくぜん》×コロンブ』コラボジャム第一弾は、完熟梅ジャムでいくことに決定しました！」

それは相変わらず鬱陶《うっとう》しい梅雨空《つゆぞら》が続く、六月も終わりの日曜日だった。

『竹善』のカウンター席では、パン職人の千川仁希《ちがわにき》が熱弁をふるっていた。炎の食パン専門家は、今日も天候に関係なく元気だった。

客である鈴掛紬《すずかけつむぎ》と斜森虎太朗《ななもりこたろう》は、同じカウンターにいてほぼ反論らしい反論もせず、黙ってそれを拝聴していた。

「……ねえ、もうちょっと反応ないの？　せっかく一番に報告しに来たのに」

「いいんじゃねえの別に」

「順当かと」

「だから。そんな任俠《にんきよう》とお葬式みたいな雰囲気じゃなくて。あたたかく祝福されたい！」

地顔だ悪かったなと言いたい。紬の隣にいる虎太朗も、恐ろしい地顔をより恐ろしくしているので、考えていることは同じに違いない。

厨房《ちゆうぼう》のセドリックが、まるで人ごとのような顔で苦笑していたので、紬は短く釘を刺した。

「菱田《ひしだ》さんはどう思うんです？」

「それは……完熟梅より青梅を推《お》した側としては、少し心残りはありますよ」

「私は、完熟梅ジャムの方が好きでしたけどね」

「俺も珍しくこいつに同意」

「わかりますよ。ですから多数決に納得もしたんです」

「青梅はね、おいしいけどちょっとニッチよニッチ」

仁希は強気に力説している。

そのジャムとしてはややマイナーだという青梅でも、ドリンクになれば別だった。

ただいまセドリックが厨房で作っているのは、紬が注文した青梅のサワードリンクである。

そう。今月の頭に梅仕事で仕込んだ、ドリンク三種の完成第一弾である。そろそろ飲み頃だとリマインドが来たから、さっそく注文してみたのだ。

保存瓶の中で氷砂糖が全て溶けきり、青梅のエキスが染《し》み出したリンゴ酢を、セドリックは金色の炭酸で割ってくれた。

出てきたものを一口飲んでみるが、これが非常にすっきりと飲みやすい。

（ジンジャーエール割りだ）

お酢特有のきつい酸味が、炭酸と生姜の刺激で中和されるようだ。それでいて、青梅の風味はしっかりと感じられるのが嬉しい。

「なかなかでしょう?」

「……梅酒や梅シロップは、まだ飲めないんですよね」

「ええ。そちらはもう少しお待ちください」

くそう。わかってはいるが早く飲みたい。酢でこれなら他はさぞかしだろう。

楽しみにできる飲み物が、棚に並んで熟成されている最中だと思えば、口にするまで死ぬわけにはいかなかった。

「そういえばさー、菱田さん。あれ、梅干しって今どうなってるの?」

「梅干しですか?　あちらはだいぶ梅酢も上がってきましたから、先日赤紫蘇《あかじそ》を足しましたよ」

「梅酢?」

「梅シロップの、塩バージョンと思っていただければいいかと。梅と一緒に漬けた塩が、全て溶けて液状になったものです」

気軽に尋《たず》ねた仁希の口が、梅干しでも含んだようにすぼまった。

そういう塩辛《しおから》い水が出た状態を指して『梅酢が上がる』と言い、この時季に出回る赤紫蘇を灰汁《あく》抜きして追加すると、最終的にちまたでよく見る赤い紫蘇梅干しになるのだそうだ。

「まあ完成といくには、もう一手間か二手間かかるんですがね」

「……ＯＫ。わかったわ。そのへんは任せるから。とりあえずコラボジャムの完成を急いでね」

「承知してますよ、もちろん」

「本当？」

仁希が疑わしそうな目を、セドリックに向けた。

「この間みたいな、完熟梅バジル黒糖風味みたいな迷走はやめてよ。いくらひと味足したいからって」

「……了解です」

大天使は、気が重そうにため息をついた。

珍しい。マイナーな保存食は作っても、突飛なキワモノや失敗作はあまり作らないセドリックだけに、いっそ怖い物見たさで食べたい気もしてきた。

しかし、残念ながら紬の方が時間切れだ。梅サワーを飲み終えたところで、「ごちそうさまでした」とスツールを下りた。

「なんだ、もう出んのか団子頭《だんごあたま》」

「ええまあ……ちょっと」

これでも学生の身。明日の講義の準備が、ほとんど終わっていないのだ。正直に言うとかなりやばい。

セドリックに代金を支払っていると、仁希が言った。

「店で余ったパンの切り落としがあるんだけど、いる？」

「おお良かったな貧乏人。だいぶ哀《あわ》れまれてるぞ」

うるせえよ。

同時にこれで一食浮くなと考えてしまう自分は、どうしようもなく貧乏性なのかもしれなかった。

＊＊＊

大学生活も二年目に入れば、ホームルームや自分の席がない学業システムなどというものも、もはや体の一部になる。

自分の希望で時間割を組み、好きな場所で好きなように食事が摂《と》れるこの仕組みは、あまり人付き合いが得意ではないぼっち人間には都合がいい面が多かった。

もっとも、なんでもかんでもソロプレイがまかり通るわけではないのも、二年目の紬は身に染みて知っていた。

たとえば単位が取りやすい講義の噂《うわさ》や過去問は、上級生経由でしか入ってこないし、これを普通に手に入れたかったら、その上級生と繋《つな》がりを持つか、すでに持っている人に頼み込むしかないのである。

あるいは講義中に強制的にグループを作らされ、みんなで協力してレポート発表という酷《ひど》い罠《わな》もある。ちょうど今紬が体験しているところだ。

「それじゃあある程度アンケートが集まったら、それを集計して分析すればいいかな」

講義の名前は、社会学演習２。小教室の中では、振り分けられた六人ごとで集まって話し合いがもたれていた。

「過去の新聞記事も調べた方がよくない？」

「じゃ、それやってくれる人——」

ここだ！

紬は決死の覚悟で、手を挙げた。

「鈴掛さん？　一人で平気？」

「へ、平気」

大丈夫だ、やらせてくれ。インタビューのアポ取りや、聞き取り調査などを沢山やらされるぐらいなら、一人で図書館で新聞のバックナンバーを漁《あさ》った方がずっとましである。

「わかった。なら鈴掛さんよろしく」

紬は内心、ほっと胸をなでおろした。なんとか首の皮一枚つながった心地である。

この大学の社会学科に入ったのは、単純な興味と受かったからというのが大きいが、思ったよりも人間を相手にする作業が多くて少々難儀しているところだ。

ところがこの紬なりの処世術を、理解できない人もいるようだ。

「――なんか鈴掛さん、一人で大変なとこやってない？」

社会学演習2の講義が終わってから、坂本亜子《さかもとあこ》に聞かれた。

彼女は紬の数少ない、『過去問を回してくれる知り合い』である。

いつ会ってもキューティクルばっちりなニュアンスパーマを維持した、華やかで都会的な雰囲気のお嬢さんである。茨城《いばらき》の田舎《いなか》出身である紬との共通点は、はっきり言ってほとんどない。

今回も彼女は紬と同じ発表グループにいたが、紬が逃げ回った『電話アンケート』係を志願して平然としていた。

「え、別にそんなことはない……と思うけど」

「そう？　だって一人ってひどくない？　一人だよ？　せめて田中君《たなか》あたりに手伝ってもらえばよかったのに」

いやいやお嬢さん。私にとっちゃ、そっちの方がよっぽどストレスなんですってば。

たぶん言っても理解できないだろうなというのは、彼女につきあって参加した合コンやドライブツアーなどで察し済みである。

根本的に孤独が嫌いで、誰かといることが当たり前な子だ。紬とはOSが、ウィンドウズとリナックスぐらい違う。

「そりゃ亜子ならそう思うってだけでしょ。一緒にするのが大間違い」

まさに今、紬が考えていたことを言語化されて、亜子ともどもぎくりとしてしまった。

背後の通路に、ファイルケースを小脇に抱えた猪俣《いのまた》ミチルが立っていた。

彼女もまた、紬の数少ない『過去問を回してくれる知り合い』である。

うなじが見えるほどのショートカットは、月ごとに色合いが違って、今回はスニーカーの色に合わせてアッシュ系の茶髪のようだ。亜子とテイストは違えど、仲良しコンビはいつも格好がきまっていた。

「それ、どういう意味？」

「わかんないならいいんじゃないの？」

ミチルは亜子を突き放し、教室を出ていってしまう。

なんだろう。この妙にぴりっとした空気は。いつもセットのコンビが喧嘩中か？

「……………ったくもう。ふざけんなっつの」

亜子はといえば、淡いピンクのプリーツスカートに似合わぬ台詞《せりふ》を、唸《うな》るように吐き捨てたところだった。

なんとなく不穏なものを感じた紬は、触らぬ神にたたりなしと、その場を離れることにした。

「じ、じゃあ」

「——このあと講義ある？　鈴掛さん」

目を見て引き留《と》められた。

あるんだよ実はと、とっさに嘘をつけるような器用な人間に生まれたかった。


表が雨だったので、大学のスカイラウンジに移動して、オレンジジュースと安いケーキで愚痴《ぐち》を聞かされた。

「最近彼氏ができたんだよね、私」

「はあ……彼氏が……」

「そう。二十六歳社会人、商社勤務で超優しいの。イケメンだし」

ぴっとスマホの写真を見せてもらったが、ディズニーシーの各所で腕を組んだりミッキーの耳つきキャップを揃《そろ》いで着けたりと、大変仲睦《なかむつ》まじいショットが並んでいた。

確かにスポーツマンタイプの清潔感がある男で、イケメンか否《いな》かで言うならそちらに入るのだろう。ＮＨＫの筋トレ番組に出てきそうな男だ。残念ながら紬の趣味ではまったくない。コメントを求められたら非常に困る。

「こんな最高のかれぴなのにさ、ミチルのやつチャラそうだのうさんくさいだの、もうさんざんなこと言ってくれるの。酷いと思わない？」

「……まあ、いい気分はしないよね……」

「ミチルとは付属の頃からのつきあいなんだけどねー、時々そういうとこあるんだよね。マジで小姑《こじゅうと》かっての」

亜子はぷりぷり怒りつつ、デザートフォークでチーズケーキを切り刻み続けた。

そうやって話を聞いたことで紬の役目は終わったものだと思っていたが、翌日になって今度はミチルに捕まってしまった。

＊＊＊

「……ここ、前座っていい？」

東江《とうこう》大学の、地下学生食堂であった。

お昼の時間帯は、広いフロアが腹をすかせた学生でいっぱいになる。

紬はいつもの指定席に弁当を持ち込んで食べていたが、向かいの席に食堂のトレイを持った猪俣ミチルが立って、相席はいいかと聞いてきたのである。

紬は、神妙にうなずいた。

「……いいけど」

「どうもありがと」

ミチルが頼んだのは、月見そばワカメ増しのようである。びっくりするほどワカメで黒い。

最初はそばが伸びないようにか、その真っ黒いドンブリの中から、そばをたぐって黙々と食べていた。

「亜子のことなんだけどさ」

うん。やっぱりその話になるよなと思った。この状況はそうでないとおかしいだろう。

「あれに彼氏できたの聞いた？」

「二十六歳社会人、商社勤務イケメン？」

「そう！　いきなりどうしたよって思ったら、あいつマッチングアプリで見つけたらしいんだよね」

それはまあ、紬なら死んでも真似できないが、抵抗がない人もいるだろう。

そう思う一方で、ミチルの感覚が案外保守的なことに、紬の方が驚くぐらいだった。

「私友達多いしー、アプリで会うとか興味なーいとかぬかしてたから安心してたのにさ……なんかうさんくさいから一度会わせろってずっと言ってて、実際やっと会ったわけよ。飲み会セッティングしてもらって、ようやくさ」

「……いい感じじゃなかったと」

「最、悪」

ミチルは苦々しく吐き捨てた。

そこからは、ある意味ミチルの独壇場《どくだんじょう》だった。

「僕ちゃん総合商社勤務のエリート様だかなんだか知らないけど、大遅刻してきたあげくに今の仕事がどんだけ凄くて、どんだけ忙しくて、どんだけ価値があるか延々アピールしてくれてさ、感じ悪いったらないの。亜子だけぽーっとして『さすがー』『すごーい』って頭痛くなったよマジで」

「う、うわあ……」

「さんざん自慢話した後、そいつ遅れたお詫びねとか言って、私と亜子にこれくれたの。超、まずかった！」

ミチルは蛍光カラーのデイパックの中から、蓋《ふた》付きのジャム瓶のようなものを出し、ドンと食堂のテーブルに置いた。

「……まずいの、超」

「舐《な》めてみ。パンに塗って食べてみ。マーマイトって言うんだって」

蓋とシールは黄色く、中央のロゴは赤地に白抜きの目立つ仕様。いかにも輸入食品らしいパッケージだ。

まずいと前置きされて手を出すのは、紬も怖かった。しかし間が悪いことに紬の本日の弁当は、『コロンブ』で貰《もら》った食パンの切り落としに、適当に持ってきた『竹善』の瓶詰めという、お誂《あつら》えのラインナップだったのである。そしてミチルの目は、どこまでも本気だった。

仕方なく紬は、ビニール袋からパンの切り落としを一枚抜き取り、マーマイトなる食品の蓋を開けた。

中に入っていたのは、黒に近い焦《こ》げ茶のペーストだ。ジャムというより、チョコレートや黒ごまのペーストだと言われた方がしっくりくるかもしれない。

ミチルはこれに一度しか手をつけていないらしく、平らな表面にバターナイフ一すくいぶんの溝が綺麗に残っていた。

「ぬ、塗るの？」

「そう。ジャムみたいにして食べるんだってさ」

紬はウェットティッシュで自前のスプーンを拭《ふ》くと、瓶からマーマイトをすくってパンに塗った。

一口食べてみて、そのあまりな味と風味に口をおさえた。

てっきりジャムかチョコスプレッド的なものを想像していたのに、苦いのだ。そして猛烈に塩辛い。さらに漢方薬かと思うほど薬くさい。

「まあねえー、英国の食べ物はみんなまずいとか、その中でもこれは特にひどいとか、口さがないこと言う奴もいるけどさ。僕はこれ、嫌いじゃないんだよね。オックスフォードに留学してた時、ホストマザーが出す朝食っていったらまずこいつとトーストでさ。今となっちゃ懐《なつ》かしくて、ロンドン出張があるたび買いだめだよ。帰りの飛行機《ビジネス》で報告書打ってる僕の手荷物が、実はマーマイトでいっぱいなんて誰も思わないだろうな。ははっ」

苦悩する紬の向かいで、ミチルが前髪をいじりながら謎《なぞ》の小芝居をしている。どうやら亜子の彼氏のセリフを、正確に再現しているつもりのようだ。本当ならかなり気持ち悪い。

（ああ……よりにもよって『むぎの女神』に塗っちゃった……）

『コロンブ』の切り落としパンは、店で出している食パンの両端部分が、ランダムで詰められている。一番高い『むぎの女神』のものはＳＳ級のレアカードに等しいというのに、なんでこんなものに使ってしまったのか。

そして気持ち悪い小芝居を終えたミチルの背後には、どこかで見たようなニュアンスパーマの女子の姿が。

そう、坂本亜子である。

「亜子とは付属の頃からのつきあいなんだけどさー、彼氏のことになると毎回ハズレ引くっていうか、危なっかしくなるから見てられないんだよね。もう何回尻拭《しりぬぐ》いさせられたか」

気づけ、猪俣ミチル！　後ろだ！　般若《はんにゃ》が立っているぞ！

教えてあげたいのに、口の中のパンとマーマイトがまだ飲み下せない紬は何もできないのだ。

「ほんと何食べて育つと、あそこまで男の趣味が悪くなるんだろ。不思議だわ」

「小鹿倫《こじかりん》の卒業でびーびー泣いた人には、理解できなくて当然じゃない？　せめて画面とステージから出てくるようになってから楯突《たてつ》いてよ」

ミチルは手元にある月見そばのドンブリを見つめ、ほんの二、三秒静止した後、ゆっくりと振り返った。

そこには怒りにこめかみを引きつらせる、坂本亜子がいる。

ミチルも謝るかと思いきや——むしろ眉をつり上げた。

「何、文句ある？　あんたの彼氏がやばいのは本当じゃない。わけわかんない出張土産《みやげ》は激マズだし」

「わけわかんないお土産じゃない！　マーマイトよ！　謙《けん》くんは留学経験もあって味覚が国際的なのよ！」

「あんた食べたのあれ。おいしいって思ったんだ」

「貰《もら》い物にケチつけるなんて最低！」

「だいたいそんなハイスペのエリート様が、無料アプリで彼女探すと思う？　いたら一〇〇パー遊びだよ。いい加減気づきなって」

人にはたぶん、踏んではいけない地雷というものがあるのだ。

いまミチルは、その地雷をハイカットのスニーカーで思い切り踏みつけた。

「つまり嫉妬《しっと》ってこと?」

そして亜子も、華奢《きゃしゃ》なヒールの踵《かかと》でミチルの地雷をぐりりと踏んだ。たがいの地雷が炸《さく》裂《れつ》し、学食の床が揺れた気がした。

——やばい。やばいよ。これは戦争がはじまるよ。

紬とてこの年まで、定員の半分は女の箱庭で生きてきたのだ。それを言ってしまったら、決して引き返せない禁句が存在することぐらいは知っていた。女子更衣室で、体育館で、文化祭終了後の教室で、たまに勃発《ぼっぱつ》する女と女の争いを、遠巻きながらも目撃してきたのだ。

しかも今回は、当事者の亜子とミチルがいっせいにこちらを向いた。

「鈴掛さんは?」

「どう思う?」

地雷に続いて、銃剣の切っ先を向けられたようなものだ。

味方しなきゃ撃つ。あるいは刺す。とんだ二択問題だ。

紬はごくりと喉《のど》を上下させ、結果としてずっと口の中にあったパンとマーマイトを飲みこむことに成功した。

「……まずは落ち着いたら？」

「は？　馬鹿？」

「そういう上から目線が一番いらない」

両陣営からぶっ叩《たた》かれただけで終わった。

ミチルと亜子は再びにらみ合った後、ふんと鼻息荒くそっぽを向き、そのまま右と左へ分かれて去っていった。

残された紬は、周囲の人の冷たい視線を避ける意味もこめ、食堂のテーブルに突《つ》っ伏《ぷ》した。

（上から目線なんて、思ったことないよ）

ああ怖かった。

覚悟していなかった暴言が、まだ心臓をばくばく言わせている。

そのまま薄目を開けると、蓋が開いたマーマイトの瓶が、何事もなかったように鎮座《ちんざ》していた。

今、言うべきことが一つあるなら。

「…………ドンブリ返却してけよ、ちくしょー」

＊＊＊

そしてまたやってきた週末。

斜森虎太朗は『竹善』ののれんをくぐり、いつものカウンター席に腰をおろした。

「コーヒー一つ」

「ブレンドですね。承知しました」

ここで頼むものも、だいたい同じだ。ブレンドコーヒーで砂糖少々にミルク抜き。今回も同じ注文にした。

「また降ってきやがったぞ、朝は止《や》んでたのによ」

日中は店の中に引きこもっている友人に、表の様子を教えてやった。

暦の上では七月に入ったばかりで、梅雨明けにはまだ時間がかかりそうだった。

「そんな中でも来ていただいて、感謝いたしますよ」

「おお。客がいないよりいいだろう」

「きっとどなたかのおかげですよね」

虎太朗は、注文を待つ姿勢のまま眉をひそめた。

「……おまえ、何が言いたい」

「さあ。ただ以前は、そこまで頻繁《ひんぱん》ではなかったでしょう」

宗教的な後光が差して見えそうな笑顔の友人に対し、虎太朗はいっそうの渋面《じゅうめん》を作る。

ちなみに天使だ聖人だとよく言われる男だが、中身は女一人にのぼせ上がって人生を棒に振りかけた馬鹿者である。

虎太朗はそんな轍《てつ》は踏まず、最高学府を優秀な成績で卒業した後、国家のために尽くす仕事をしているわけだが、なぜか『ヤクザ』『麻薬の密売人』『悪徳金融屋』と反社会的な形容ばかり貰ってしまう。実に理不尽《りふじん》だった。

（うるせえよ、ほっとけって）

確かにこのエセ天使が言う通り、ここしばらくは土日のどちらかは必ず『竹善』に顔を出していたかもしれない。虎太朗の仕事の方が落ち着き気味で、なおかつ休日にデートの予定を入れるような相手も特にいないからだ。

しかしそれはまったくの偶然。特に意味などない。

「どうぞ、ブレンドです」

こうやってたまたまできた時間に、淹《い》れ立てのコーヒー一杯を楽しむことが、社会人としてそんなふうにとやかく言われるような罪なのか？　違うだろう。ましてや誰かさんに会うのが目的などと揶揄《やゆ》されるいわれは、断じてないはず！

「いいか、セディ。俺はこの一杯が飲みたいから来てるだけだ。コンビニの激安コーヒーよか、おまえが淹れたやつの方がうまいからな」

「それはもちろん知っています」

「知ってるなら言うな。ＬＩＮＥ交換したところでスタンプの一個も送ってきやしねえ奴のことなんざ、どうだっていいんだよ。だいたい今だっていないじゃねえかあの頭が団子の女――」

「ああ、いらっしゃい紬さん」

虎太朗が言いつのろうとしたまさにその時、問題の鈴掛紬が店に入ってきたものだから、タイミング悪いどころの話ではなかった。

トレードマークとも言うべき、夏でも冬でも変わらぬ引っ詰めのお団子頭は相変わらずだった。今日も広い額《ひたい》を遠慮なくさらし、着ているかぶりのワンピースも、よくわからないが彼女が自分で縫ったものなのだろう。

紬は化粧けのない口をへの字に引き結んだまま、虎太朗の二つ隣のスツールに席を取った。

場所は沢山あるのに、わざわざこちら側に荷物のショルダーバッグを置いて壁にするのは、何か意味があるのかと邪推《じゃすい》したくなる。いろいろ入っているらしく、鞄は予想以上に重い音がした。

「ご注文は？」

「なんか甘いのください」

「お疲れですか」

「図書館で調べものしてたら、脳みそに糖分が足りなくなりました……」

いったいどういう注文だと思うが、セドリックはそれで充分わかるらしい。すぐにあれこれ準備を始めた。接客業とは面妖な世界だ。

それにしたって──気まずい。

いつまでも紬の様子を窺《うかが》っているのも気が引けて、虎太朗は目の前のセドリックに話しかけた。

「なあ。今日は武流《たける》のやつは？」

「お友達のところですよ」

「マジか。どっかの友達がいない奴より充実してそうだな」

虎太朗は笑った。こちらの高度な計算によれば、これで隣のこじらせ女子大生の毒舌《どくぜつ》スイッチが入り、三倍の勢いで言い返されるだろうと思った。

しかし、鈴掛紬はちらりと虎太朗を見やるだけで、何も言わずにため息をついてしまった。

「なんだよおい」

「別に……男の友情って単純そうでいいね……」

そしてまたため息である。

さすがの虎太朗も、これはいつもと違うと察しがついた。

「なんかあったのか?」

「………そもそも私ってさ、無視されたり浮いたりする側の人間で、ど真ん中女子ファイトに巻き込まれたりって、実はほとんどなかったんだなって今さら知るというか……はあ……」

虎太朗とセドリックは、顔を見合わせた。

セドリックが、何やら死にかけているらしい紬に呼びかけた。

「紬さん。これは塩付きの梅サワードリンクです。まずはこれを飲んでから、深呼吸してみませんか」

そう言って、グラスを勧《すす》める。グラスの縁《ふち》にはカクテルのソルティドッグよろしく塩の結晶がまぶしてあり、中に氷と琥珀《こはく》色の液体が入っていた。

紬は鼻先にあるそれを、ふらふらと磁力で吸い寄せられるように受け取ると、小さく舐めてからは勢いを加速させ、グラスを半分以上空にした上で「ぷはっ」と息を吐いた。もはや野生児というか、人里に紛《まぎ》れ込んだ猿や鹿を虎太朗は思い出した。

「どうですか」

「塩あると余計に甘いって不思議だなと」

「それは原理が説明できまして」

「いや、やめとけセディ。今はそういう時じゃねえだろ」

しかし紬の目つきは、梅の力かさきほどよりだいぶまともになったようだ。

「どうでしょう、紬さん。お話ししてみたら、何か変わるかもしれませんよ」

「うーん……」

「ま、なんも変わらんかもしれねえけどな」

「……悩みっていうか……ようはマーマイトがまずいって話で」

だめだ。まったく話の先が見えなかった。

そうして鈴掛紬は、ぼそぼそと抑揚に乏《とぼ》しい語り口ながらも、最近自分の周りで起きたことを喋《しゃべ》りだした。

虎太朗はセドリックが淹れたコーヒーを飲みながら、一応最後まで聞いてみた。

「──つまりだ。おまえの大学の貴重な友達が、おまえを間に挟んで大喧嘩してると」

「友達じゃない。知り合い」

「どうでもいいだろそんなの」

「良くない」

「黙れ！」

虎太朗は牙《きば》をむいた。紬も一瞬静かになった。

ともかく、同じ講義を取ることが多い紬は、二人が険悪でいるとレポートが進まないし、とばっちりで睨《にら》まれるのも嫌で弱りきっているらしい。

「アプリで出会ったと言われると、お友達が心配するのもわかりますが」

「そんなん自己責任だろ」

「ねえ、スーパーエリート官僚様。あんたも彼女欲しかったら、マッチングアプリとか使う？」

大真面目《おおまじめ》に聞かれ、虎太朗は言葉に詰まった。大変弱った。

「……いや、そこまで困ってねえし」

「そうか。だよね……」

「おい。俺だけを例に取るな。サンプルに使われても責任持てねえぞ」

慌《あわ》てて言った。だいたい仮にイエスであろうと、紬を前にして言えるわけがないのをこの女は失念しているのだ。

「だって下々《しもじも》の人間には、本当のところはどうかなんてわかんないしさ。マーマイトだって、本場にいた人ならおいしく思うものなのかもしれないし」

「なあ。そのさっきからおまえが連呼してるマーマイトってのは、なんなんだ？　そんなにまずい代物《しろもの》なのか？」

「まずいのなんのって」

紬はぶるぶる怖いとばかりに、無表情のまま身を震わせた。

「苦さとしょっぱさの陰にひそむあの臭《くさ》さ……とにかくチョコスプレッド的なものを想像して食べると、その場でジャーマンスープレックスをくらうような味で」

「どんな危険物だよ」

「菱田さん知ってます？」

「はい。日常的によく食べますが」

虎太朗と紬は、そろってセドリックを見返した。

「……そういやおまえ、イギリス育ちだったか」

「育ちと申しますか、今でも国籍はＵＫですが」

たまに忘れそうになるのだ。この外見でも一瞬失念するというのは、実はすごいことかもしれない。笑子《えみこ》の教育のたまものか。

「ひ、菱田さん。教えてください。お願いします。けっきょくあれはなんなんですか。何がどうなるとあんな、あんな……」

「そんな泣きそうな顔でおっしゃられると複雑ですが、マーマイトの原料はビール酵母《こうぼ》ですよ」

「ビール……酵母」

セドリックいわく、ビールの醸造過程で出る酵母の沈殿物に、塩と各種のエキスを追加してできた、英国産のペーストなのだという。

「沈殿物って、つまり酒粕《さけかす》みたいなもんか？」

「そうですね。まあ近いかもしれませんね」

うなずかれても、食欲はわかなかった。かけらもわいてこなかった。

「非常に栄養価が高くて、体にいいんですよ。特にビタミンＢが豊富で胃腸の調子を整えます。日本でもドラッグストアに行けば、ビール酵母のサプリが沢山販売されているぐらいですからね」

セドリックは「ちょっとお待ちください」と言って、厨房を離れた。

しばらくして、プライベートエリアを分けるのれんの奥から、黄色い蓋のついた瓶を持って戻ってきた。

紬の口元が、激しく引きつった。

「……そ、その色の瓶は……！」

「武流はあまり食べないので、主に私が食べる用なのですが」

どうやら『竹善』で客に出すわけではなく、菱田家の冷蔵庫に常備されているものらしい。

蓋を開けると、チョコレートに似た焦げ茶色のペーストが入っており、それが半分近く減っているのが妙にリアルだった。

セドリックは、ランチ用のクラッカーにマーマイトを塗りつけた。

「どうぞ、虎太朗」

「……団子頭」

「私は一回食べたからいい」

頑《かたく》なな目で言われた。可愛げがない上に薄情な女でもあった。

仕方なく虎太朗は、覚悟を決めてクラッカーを口に放り込んだ。

その瞬間、口内に広がる謎の苦みと塩気に、三十秒ぐらい苦悩した。

「…………いや、これはこれでこういうもんじゃねえの？」

「ありなのまさか！」

「うまいとは言わねえけどさ」

「発酵食品なので、好みが分かれるのは仕方ないですよ。醤油《しょうゆ》や漬物を好む日本人でしたら、むしろいける方も多いんじゃないですか」

その分析もまたおかしくないかと思った。残っていたコーヒーで口直しをする程度には、不思議な味だった。

紬はまだ信じられないようで、マーマイトを持ったセドリックの手元を凝視《ぎょうし》している。

「塩分が強いですから、バターと合わせたり、薄く塗るのがこつですよ。食べた時に多めに塗りすぎたんじゃないですか」

「別にそれだけじゃないと思う……あれ？」

彼女は、わずかに眉をひそめた。

「すみません菱田さん、ちょっとその瓶、よく見せてもらえますか」

「これですか」

見るだけでは飽き足らず、紬はカウンター越しに、マーマイトの瓶を受け取った。

「……あー、やっぱりだ。私が食べたのとメーカーが違う」

「そうなんですか？」

「ぱっと見の雰囲気はそっくりなんですけど、ロゴの商品名がちょっと違ってました。こんなんじゃなかったはずです」

紬はスツールに置いた、自分のショルダーバッグを漁りだす。

「あったこれだ」

「持ち運んでんのかよ」

「出すのを忘れてたんだよ……ほらこれ」

大学の教科書とコピー用紙の束の間から取り出したのは、菱田家のマーマイト瓶と似たようなサイズ感の、茶色いペーストが入った瓶である。

蓋が黄色く、胴体のシールも黄色。中央に赤地に白抜きで商品名が入っているところは共通だ。

しかし――。

「ベジマイトじゃないですか」

「そうなんですよ。こうやってみると、瓶の形もけっこう違いますね。なんだ、メーカーが違うなら味も違って当然だし、きっとマヨネーズがキューピー派と味の素派に分かれるのと似たような感じで、微妙な違いが――」

「紬さん。ベジマイトは、マーマイトじゃないですよ」

饒舌《じょうぜつ》に喋りだしていた紬が、その一言で固まった。

関節がきしむ音が聞こえてきそうな調子で、セドリックに聞き返す。

「はい？」

「マーマイトは二〇世紀の初頭に、英国のマーマイト社で商品化されたものなんですね。対してそちらのベジマイトは、英国から二十年ほど遅れてオーストラリアで開発されたものなんですよ」

オーストラリア。

海の向こうの国どころか、北と南で半球自体が違った。

「あちらはもともと英国領ですが、第一次大戦でマーマイトの流通が途絶えた時に、自国で独自に開発したそうなんですよ。原料が酵母エキスであることは同じですが、味付けや添加している栄養素などが違いますからね。食べてみれば、違いはすぐにわかると思いますよ」

「え、じゃあ実はおいしかったりする……？」

紬は食べなかった本家マーマイトを、あらためてクラッカーに塗ってもらい、口に入れた。

十秒後。その場で口をおさえて、悶絶《もんぜつ》をはじめた。

「どうも根本的に『ダメ』みてえだな」

「これぱっかりは好き好きですからねえ」

虎太朗とセドリックが喋る中、紬は梅サワーの残りで口内のものを飲み下し、目尻の涙を拭《ふ》いていた。

「………こっちの方が固くて臭みが少ないのは、理解しました。それだけですけど」

「なあセドリック。おまえ故郷の食べ物が恋しくなったっていって、マーマイト買わずにベジマイト手に取ることってありうるか？」

「まずありえませんね」

セドリックは静かに、しかしきっぱりと断言した。

「マーマイトはマーマイトってか」

「Soul foodとはそういうものでしょう？　ニュージーランドのビタマイトも、私にとっては違うものですよ」

在日九年目の英国人の主張だ。

いくら賛否が分かれる食品だろうと、それを食べて大きくなった人間には、代えの効かない味ということなのだろう。それは虎太朗にも理解できた。

「紬さん。本当にそのご友人のお相手は、オックスフォードにいらっしゃったんですか？」

「……わからない。留学してたって、自己申告だけ……」

「俺も質問なんだが、そもそも飛行機の機内にこの容量のペースト持ち込めたのか？　水分あるやつははねられるだろう」

「ああ、それもありましたか」

「だめなの？」

　虎太朗はうなずいた。

「テロ警戒して、液体の持ち込みはけっこう厳しいぞ。トランクと一緒に預け入れたならまだわかるが」

「前に使ったブリティッシュ・エアウェイズ社でしたら、一個につき一〇〇ミリリットル以下の容器におさめないといけなかったですね」

「だいたいそんなもんだ」

　ちなみに液体というのは、ジャムやソースのような粘度のあるものも範囲に含まれるし、食品ではない化粧品やハンドクリームなども対象だ。

紬が持ち込んだベジマイトの内容量は、どう見ても二〇〇グラム以上あった。

「ヒースロー空港あたりの手荷物検査で、容赦《ようしゃ》なく没収されてなきゃおかしいサイズなんだよ、これは」

「……私、海外行ったことないから、知らなかったよ……」

呟《つぶや》く細い肩が、こころなし途方にくれて見えた。

「その友達には悪いが、商社勤務の彼氏とやら、怪《あや》しいのは確かだな」

虎太朗にとどめを刺された紬は、もはや「友達じゃない、知り合いだ」などと抗弁する気力もないようだ。わかりやすいリアクションこそ見せなかったものの、白木《しらき》のカウンターの下では、血色が変わるぐらい拳を強く握っていた。

＊＊＊

決めたことを実行するのは、いつだって勇気がいる。

紬が待ち合わせの場所に指定したのは、旧白山《はくさん》通りに面した、東江大の正門前だった。

わかりやすくていいかと思ったが、待っているうちに雨が本降りになり、急に不安になってしまった。どうして屋根と椅子がある場所にしなかったのだ、私。

コミュ障を言い訳にして、気配りのスキルや経験値をおざなりにしてきてしまったつけが、こういう時に出てきてしまうのである。

今さら場所を変える連絡をするかどうか、ぐるぐるぐだぐだ迷っていると、明るい空色の傘をさした坂本亜子が、小走りにやってきた。

パステルトーンのスカートとトップスで、学生だらけの群衆の中で、そこだけ明度が上がって見えた。

「ごめんねー、遅れて。前の教室に忘れ物したの思い出しちゃって」

「う、ううん。あの、私の方こそごめん」

色々なものが足りていなくて。

「え、何が?」

亜子は屈託なく聞いてくるから凄《すご》い。それで紬がちゃんと説明できなくても、あまり気にしないのも凄い。

しかも今日の亜子は、いつになく機嫌が良さそうだった。

「鈴掛さんからご飯食べようって、珍しいね」

「うん、ちょっと話したくて」

「いいよいいよ。やっぱりねー、鈴掛さんはわかってくれるって思ったんだ」

満面の笑みである。

「──で、どこ行く？　飲みでもガッツリでもなんでもいいよ」

「それは──」

「鈴掛さーん」

紬が説明しようとしたところで、遠くから呼び止められた。

今度は迷彩柄の折りたたみ傘をさした猪俣ミチルが、手を振りながら歩いてきた。

白いTシャツにネオンカラーの鞄がよく目立ち、夕方でも視認性はばっちりだ。そして亜子と似たような、勝利宣言の晴れやかな笑みを浮かべていた。

しかし二人は互いの存在が目に入ると、一気に表情を険しくした。

「亜子？」

「ミチル？」

間に見えない火花が飛び散り、気温が三度ぐらい下がった気がした。

「何してんの、こんなとこで」

「どうだっていいでしょ。ミチルこそさっさとどっか行けば？」

「残念でしたー。私は鈴掛さんとご飯する約束があるの」

「はあ？　鈴掛さんは私と──」

そこまで言って二人は、これが仕組まれたバッティングだと互いに気づいたようだった。睨み合うのをやめ、いっせいに紬を見た。

「――鈴掛」

「――さん？」

殺気立った問いかけが、完全にシンクロしていた。ど真ん中女子アタック。やはり慣れないし、ものすごく怖かった。

しかしこうなるのは、同じ文面を二人のＬＩＮＥに送った以上、覚悟の上である。仏頂面《ぶっちょうづら》がデフォルトで、内心の動揺が顔にほとんど出ないのをいいことに、紬は開き直った。

「ガタガタうっさいな。両方に声かけたんだから、文句言わないでよ」

ちょっと言い過ぎたかもしれない。

言うだけ言って、右向け右。正門から歩道へと歩きだす。

途中で一回振り返って、手招きをした。

「いいからほら、ついてきて！　ここから家まで歩くから！」

やはり言い過ぎたかもしれない。

ちょうどよい案配で接するというのはなかなか難しく、鳩が豆鉄砲をくらったように固まっていた二人が、それでようやく我に返って動きだしたのだった。

大学最寄《もよ》りの本駒込《ほんこまごめ》駅を突っ切って、千駄木《せんだぎ》二丁目と三丁目の境を東へ歩いていくと、道は急激に下り坂になる。

「……す、すごい坂だね、鈴掛さん」

後ろを歩く亜子が言った。

紬は振り返らずに答えた。

「団子坂《だんござか》って言うらしいよ」

なんでもこの長い坂道の下に団子屋があったとか、急坂ゆえに転ぶと泥団子のようになったからとか、名の由来は諸説あるそうだ。実際、坂の頂上から丸いものでも転がせば、一番下にある千駄木駅まで、ノンストップで転がりそうである。江戸川乱歩《えどがわらんぽ》の小説にも登場する坂だ。

「鈴掛さん、これ毎日往復して通ってるんだよね」

「上りもってこと？　きつそー」

「亜子も見習いなよ。痩《や》せるって絶対」

紬の背後で、二人がぼそぼそと話している。

紬がさきほど怒鳴りつけたせいか、険悪な関係もいったんリセットされたようだ。

しかしこちらが徒歩通学なのは、単にバス代がもったいなかったからと、ギアなしのマチャリでこの急坂を上るのが嫌だったからに過ぎない。おかげで体重計の数字はほとんど増えることがないので、健康維持には寄与しているのだろう。

団子坂を下りきり、交差点の横断歩道を渡ればそこは谷中《やなか》である。

商店街の立ち飲みの居酒屋や、この雨空の下でもメンチ待ちの列ができる精肉店を、亜子たちが物珍しそうに眺めているのはわかっていたが、今回そちらに用はないので路地へ入る。

「……家、ここの二階」

「へー」

「レトロ」

築四十年のおんぼろアパートを、そう言ってくれるのは幸いである。亜子もミチルも、東京生まれの東京育ちで、大学へは自宅から通っているそうだ。

（なんか今さら緊張してきたな）

わざわざ自分から人を部屋に招く日が来るとは。

濡れた外階段を慎重に上がって、自分の部屋の鍵を開けた。

「どうぞ。あんまり片付いてないけど」

中へ通された亜子とミチルは、紬の暮らす六畳1Kを見て——歓声を上げた。

「可愛い！」

「ミシンある！」

「一人暮らしっぽい！」

「布可愛い！」

テンションぶち上げである。

カラーボックスの目隠し用カーテンや、まとめて籠《かご》に突っ込んだ端布《はぎれ》や手芸用品一つとっても珍しいらしい。さんざん黄色い声をあげて、『可愛い』の大盤振る舞いだ。

「ご飯作るんだけど、豚汁とお餅《もち》でいい？」

「自炊！」

「一人暮らしだ！」

「可愛い！」

なんとなくわかった。ようは二人とも自宅を出たくてたまらない勢《ぜい》のようだ。

そういうわけで、三人ぶんの夕飯を作りはじめる。

手伝おうかとついてくる亜子たちを、「うち、台所狭いから待ってて」と断り、クーラーをつけた六畳間に押し込んでから作業を開始した。

張り切って冷蔵庫を開けたら、中途半端に使った玉ねぎと、茄子《なす》とオクラとトマトが転がり落ちてきた。

(……夏野菜も増えてきたな)

どれもこれも、母親の貴代《たかよ》が送りつけてきた実家便だ。これが続くようなら、またセドリックのところで瓶詰めにしてもらった方がいいかもしれない。

今回は戻すのもあれなので、全部使ってやることにした。

鍋で豚バラ肉を炒《いた》めた後、乱切りにした野菜たちをどさっと放り込み、水を入れ、具に火が通ったら顆粒《かりゅう》だしを入れて味噌を溶けば、できあがりである。

根菜が入っていないので、加熱時間は短くてすむ。その間にまな板などを洗ってしまい(そうしないと何もできないのだ)、引き続いて餅の調理だった。

熱したフライパンにマーガリンを落とし、人数分の切り餅を、弱火でじゅうじゅうと焼いていく。

「鈴掛さーん、なんかすごいいい匂《にお》いがするんだけど！」

調理過程の匂いまでは遮断しきれないらしく、引き戸の向こうで亜子が叫んだ。紬は「もうちょっと待ってて」と頼んだ。

「鶴の恩返しみたいだね」

「機織《はたお》ってるんだ」

餅焼いてるんだよ。

両面こんがり焼き目がついて柔らかくなったら、そこに『調味料』を少々足した醤油を回しかける。醤油が焦げる香ばしい匂いが、さらに追加された。

「――ああ、鈴掛さん限界」

「なに作ってんの」

ついに我慢ができなくなった二人が、六畳間からゾンビのように這《は》い出てきた。

餅に海苔《のり》を巻き、豚汁に味噌を溶き終えた紬は振り返った。

「じゃ、できたから食べようか」

夏冬兼用のこたつテーブルに、豚汁と磯辺餅《いそべもち》が三人ぶん並んだ。

マグカップで豚汁を食べることになった亜子と、変な柄物の小鉢《こばち》に磯辺餅を盛られたミチルが笑っている。

「……なんかごめん。食器足りなくて」

「えー、別にいいじゃん」

「食べられればいいよ」

人を呼んでおきながら、我ながら詰めが甘すぎた。ちなみに紬は味噌汁の椀も平皿も、お客様二人に譲ったので、飯茶碗に豚汁、カレー皿に磯辺餅という布陣で食卓についている。

「というか、普通においしそうだよ。豚汁にオクラとかトマトとか初めて」

「私も」

「え……」

なんだと。入れないのか。

「じゃあ……この時季の豚汁って、何入れるの」

「人参とか大根とかゴボウとか……」

「それは冬の豚汁」

「夏とか冬とかあるの？」

衝撃を受けた。鈴掛家だと、その時ごとにだぶついている野菜をなんでも入れてしまうので、季節により具材が大幅に変わるのが普通なのである。

秋の豚汁も春の豚汁もあるぞと言ったら、ますますややこしいことになるかもしれない。夏の豚汁は大抵トマトの酸味がきいていて、オクラのとろみもあるのが特徴である。

「あ、さっぱりしておいしい」

「茄子と豚、めっちゃ合うわー」

幸いにして、気に入ってくれたようなので良かった。

「お餅、冷めないうちに食べて」

「そうだそうだ磯辺だ磯辺」

紬の本番は、むしろここからだった。

そのまま亜子とミチルは、磯辺餅にも箸《はし》をつけた。

餅は伸びるし咀嚼《そしやく》が難しいので、二人ともしばらくは静かだった。

「……ど、どう？」

内心どきどきしながら聞いてみた。

「うん、すっごいおいしいよー」

「バターとお醤油のコンボ最高」

「海苔がちょっとしなっとしてるとこがいいよね」

「そうそれ。直《じか》まきおむすび的な」

二人とも、特に違和感はないようだ。

「というかさ、いつもよりコク？　みたいなのがあった気がするんだけど。鈴掛さん、高いバターとか使った？」

「ううん、いつものマーガリン」

乳製品ですらなくてすまない。

「じゃ、お醤油になんか入れたとか」

「わかった味の素だ！」

いいやそれでもない。

紬は種明かしをすることにした。

二人の目の前に、小さな瓶詰めを置いた。

黄色い蓋に、黄色いシール。ロゴは赤地に白抜き。ミチルが目にした瞬間、トラウマを刺激されたように頬をこわばらせた。

そうなのだ。彼女が亜子の彼氏から貰った、あの『超まずい』ベジマイトの瓶だった。

「これ――？」

「バイト先の人に、これで磯辺餅作るとおいしいって教えてもらったの」

正確には、本家マーマイトのアレンジレシピだった。

マーマイトにある独特の苦みが、醤油の焦げる風味と相性がいいのだろう。パンにつけるのは嫌がる武流も、この磯辺餅バター醤油方式ならいけるのだという。

実際、紬も食べたら旨《うま》みのある醤油味に、抵抗なくはまってしまった感じだった。

（そう、醤油に味の素入れるのと似てるんだよね）

味の素を直接なめるとおいしくないのと同様、こつは少量にとどめること。あくまでコクと旨みを加えるためのものという感覚が大事である。

同じ酵母ペーストとはいえ、よりビールの風味が強いベジマイトに転用できるのかは賭けだったが、日本が誇る発酵食品ソイソースは強かった。むしろ濃厚さを求めるならこちらの方がむいていたという、嬉しいオチもついていた。やはり目には目を、歯には歯を、発酵物には発酵物をというハムラビ法典は正しかったのだ。

「原料が酒粕のビール版みたいなものでね、癖《くせ》は強いけど栄養はあるし、現地の人たちが好きっていうのも本当だった。別に変なものじゃないんだよ、このペースト」

「……そうなんだ……でも……」

「もう、往生際《おうじょうぎわ》が悪いよ、ミチル！　悪口言ったの謝ってよ！」

亜子は嬉しくてたまらないようだった。やっと紬が加勢してくれたと思っているのだろう。

「ありがとう鈴掛さん、ここまでしてくれて。やっぱりマーマイトはおいしいわよね。謙《けん》君だって変じゃない」

「でもね坂本さん。これはぜんぜんマーマイトじゃないし、坂本さんの彼氏がクソやばいのに変わりはないと思う」

坂本亜子、本日二度目の『鳩が豆鉄砲』となった。


夏豚汁とベジマイト磯辺餅の残りを食べながら、紬は『竹善』で知ったことを説明した。マーマイトとベジマイトの違い。そこから始まる彼氏の発言との矛盾《むじゅん》を、順を追って話していくと、二人はどんどん真顔になっていった。

「……じ、じゃあ、あの野郎がイギリス留学してたっていうのは、嘘なの？」

「この二つを取り違えるのは、かなりありえないのは確か」

「だけじゃないでしょ鈴掛さん。本当に商社勤務で海外出張してるのかだって怪しいってことじゃない、その話じゃ」

残念ながら、その可能性が高い。ミチルの言うことに、小さくうなずいた。

「亜子！」

殺気だったミチルの声に、亜子がびくりと肩を震わせた。毎日のケアもまめであろう美白肌は、すでに白を通り越して青ざめていた。

「あいつの勤務先がわかるもの、何か持ってない？」

「な、ないよ。名刺ならちょっと見せてもらったけど」

「社員証は？」

「そんなのわざわざこっちから見せてなんて言うの、感じ悪いじゃん」

「名刺の所属先と肩書きは？　なんて書いてあった？」

「わかんないよ。覚えてない」

「がんばって思い出しなさいよ大事なことでしょ――」

「やめてよ責めないでよ！」

亜子は涙声になって叫んだ。

「なんかおかしいかもなんて、そんなの私だってわかってたよ。いつも会うのは外ばっかだし、家とか教えてくれないし。土日も忙しいって、めったにデートしてくれないし。ＬＩＮＥ誤爆されたことあるし！　ねえ、『今から帰るよ』って、どこに帰る気だったわけ!?」

紬とミチルは、顔を見合わせた。

「……やっぱクソだ」

心の底から吐き捨てた。そうとしか言えない。亜子の気持ちをもてあそんだ、最低野郎である。

亜子は、両手で顔を覆《おお》って泣きじゃくりはじめた。

「でも……でも、言えなかったんだよ。ほれみたことかって絶対言われるし……騙《だま》されてるなんて思いたくなかった。違うって信じたかった……」

「わかる、わかるよ」

「……好きだったんだよ」

告白する亜子も、彼女の背中をなでるミチルの声も、震えて涙声だった。

紬まで引きずられそうになったが、言った。

「でも、これ以上はダメだよ。坂本さん」

とても残酷なことを言っているかもしれないが、それでもだ。

「……でも」

「こうなった以上、お別れするってことだけは、ちゃんと言っとかないと。ＬＩＮＥでも直接でも、どっちでもいいけど。もし会うのが一人じゃ辛《つら》いなら、私も一緒についてってあげるから」

「そ、そうだよ亜子。うちらがいるからね」

クソ野郎に、一人で立ち向かう必要などないのである。

亜子は泣きながら、それでも最後はちゃんとうなずいた。

「おねがい。いっしょにきて」

偉い、とその勇気を称《たた》えたかった。

＊＊＊

そしてやってきた、金曜の夜。紬は大学近くのファミレスにいた。

ボックスシートの向かいの席では、猪俣ミチルが苛立《いらだ》たしげにおしぼりの袋をいじっている。

二人で頼んだのは、ドリンクバーとポテトの盛り合わせで、ポテトの方はとっくに冷めてしなびていた。

ミチルが、待ちかねたように言った。

「ねえ、いい加減遅くない？」

「そうだね、遅いね」

「焦《じ》らすのが手なの？　そんなにもったいぶりたいのかねあの野郎——」

「しっ、来たよ静かに」

紬はミチルを制した。

指定の時間から三十分過ぎた頃、ようやくお待ちかねの男が、紬の一つ前のボックスシートに着席した。

「悪いね。クライアントとの打ち合わせが長引いちゃってさ」

そう言いながら、腕にかけていた夏用スーツのジャケットを脇に置き、ついでにスマートウォッチで通知か何かを確かめている。

実際にこの目で見たクソ野郎は、亜子のスマホで見た写真よりも痩せていて、ミチルがしてみせた小芝居よりは、まともそうに見えた。名前が梅矢《うめや》謙というのも、この機会に教えてもらっていた。

亜子は紬の席からは、背中しか見えない。

「……お仕事なら、仕方ないね」

「いやもう、いくら現地時間じゃ始業時間っていっても、こうも振り回されるときついよ。

僕らだって普通の生活をする権利があるんだよ。ねえ亜子ちゃんもそう思わない？」

「大変だよね……ごめんね、会いたいなんて言って」

「いいんだよ。僕も亜子ちゃんにはいつだって会いたいって思ってる。わざわざ白山まで来るのだってわけないよ」

「謙君……」

蚊の鳴くような亜子の声を聞いていると、だんだん不安になってきた。

本当に亜子は、ちゃんとこの男に別れると言えるだろうか。


ミチル『やっぱ同じ席にいた方が良かったかな』

LINEのトーク画面から、ミチルにも懸念《けねん》を打ち明けられた。

紬『様子みよう』
紬『ダメなら加勢すればいい』

ミチルが、了解とばかりにうなずいた。

隣の席では、亜子と謙の会話が続く。

「それで何？　どうしても話したいことって」

「あのね……実は、お願いがあって。謙君は気分悪くするかもしれないけど……その、社員証とか見せてくれる？」

「え、どうするのそんなの」

「ごめん。私が疑ってるわけじゃないんだけど。うちのお父さんがね、そういうのはきちんとしろってうるさくて」

謙はしどろもどろに喋る亜子の目を、じっと見ている。一見して澄んだ眼差《まなざ》しだ。

怒りだすかと思ったが、その場でジャケットの内ポケットから、紐《ひも》付きのカードケースを取り出した。

「これでいい？」

テーブルの上を滑らせ、亜子の前に置く。

「……本当に四星《よつぼし》商事の人、なんだね」

「なんだと思ってたの」

坂本亜子、そこで納得するなよ。まず手に取って、さりげなく社員証をこっちに見せるぐらいはできるだろ！

（そしたらこっちで検索するのに！）

謙は面白い冗談でも聞いたように、くすくすと笑っていた。

「疑ってごめんね」

「いいよ。よくわからないけど、不安にさせちゃったんだよね。それは僕が悪い。埋め合わせは今度ちゃんとするから」

「埋め合わせって？」

「亜子ちゃんのしてほしいことを。よく考えておいてよ」

ミチル『私もうがまんできない。このままじゃ亜子、丸め込まれるよ』

紬『待って』

ミチル『だってまずいよこの空気。あの野郎の思うつぼだよ』

ミチルが紬の制止を振り切り、ソファから腰を浮かせかけた時だった。

「でも、他はみんな嘘だよね。謙君」

その瞬間、謙の取り澄ました顔から、余裕の笑みが——消えた。

「オックスフォードに留学してたことも。出張でロンドン行ったことも。全部みんな嘘。本当のことじゃない。私を騙してる——」

「亜子ちゃん。僕は」

「独身じゃないよね。なんでそんな大事なこと嘘つくの？　おかしいよ。そういう人とは一緒にいられないから」

「好きだからだよ」

亜子の言葉にかぶせて、謙が言葉を返した。

そのまま目をそらさずに、亜子の手を取る。

「君のことを愛してるから。本当だよ。確かに妻はいるけど、前から離婚話も進めてるんだ。仕事のことだって、そういう経歴の人間に囲まれた環境にいるのは嘘じゃない。僕は今度の試験で正社員になる予定だから、ほら、ちょっと順序は違ったけど全部言った通りだ。亜子ちゃんに恥じるようなことは何も——」

「さよなら！」

亜子が、振り切るように立ち上がった。必死に情に訴えてみせる謙をこれ以上視界に入れないよう、自分から手を離し、足早に店を出ていく。

「待って」

謙が、慌ててその後を追う。

紬たちのテーブルの脇を進んでいこうとするから、紬はとっさにそのワイシャツの手首をつかんだ。

「何だよいったい――」

上目遣《うわめづか》いに、クソ野郎を睨んで問いかけた。

「……本当にわかってるわけ、あんた」

「は？」

「今の日本じゃね、既婚《きこん》ってことを隠して不倫すると、奥さんと交際相手の両方から慰謝料請求されるんだよ。知り合いに弁護士いるんだけど、いくらが相場だって言ってたかな――」

言いながらもう一方の手で自分の服のポケットから、一枚の名刺を取り出した。

そこに印刷された法律事務所のロゴと、少し変わった名前や肩書きがちゃんと相手に見えるよう、目の前に突きつける。

「とりあえず奥さんの方が、三百万から――」

「知らない！　なんの話だか！」

謙は慌てて、紬の手を振り払った。額に汗を浮かべたまま、早足に店の外へ向かった。

「お客様、お会計が」

「は!?」

出口の手前で店員に引き留められて、ますますパニックになっていた。

紬は手にした名刺を団扇《うちわ》がわりに、謙に触れていた手を開いて風を送った。なんだかじっとりしていて気持ちが悪かったのである。

しかしここまで脅《おど》せば、あれも亜子をどうこうする気など消え失せたに違いない。

「……鈴掛さん、弁護士に知り合いなんていたんだ」

ミチルが、あっけにとられた顔で聞いてきた。

「うん、一応いるけど、今のはハッタリ」

「え」

絶句もされたが、まあそういうことだった。


それより心配なのは、先に店を飛び出していった亜子である。

紬たちが店を出て、スマホで呼び出しをしても応答はなく。

それでもぎりぎり見えるところの歩道に、ちゃんと一人で立っていたのでほっとした。

「亜子！」

ミチルが名前を呼んだ。

紬たちが小走りに駆け寄ると、亜子は折からの雨に打たれ、自慢のニュアンスパーマはもちろん、カットソーの肩まで湿っていた。

「折り畳み傘、店に置いてきちゃったよ……」

そう言って苦く笑った。

「取りに戻ろうか？」

紬は聞いた。亜子は首を横に振った。

「今日はもういいよ……疲れた」

そのまま彼女は、傘を持つ紬たちの間に、割り込むように腕をからめてきた。右手に紬の腕、左手にミチルの腕、そのまま自分の体重をあずけてくる。

紬たちは、自分の傘を半分ずつ差し出して、歩く亜子が濡れないようにしてあげた。

「偉かったよ、がんばったじゃん亜子」

紬も同感だった。

亜子はぐしゅぐしゅとはなをすすりながら、小さく小さくうなずいた。

そうやって雨の旧白山通りを、三人並んで駅まで歩いたのだった。

＊＊＊

虎太朗が休日の昼過ぎに『竹善』へ顔を出すと、例によってカウンターには鈴掛紬が来ていた。

「……なんだよ。また団子頭が入《い》り浸《びた》ってるのかよ」

彼女は虎太朗の顔を見るなり、しかめっ面《つら》を強化した。

「あんたに言われたくない」

まあ前より元気になったと思えば、めでたいことだろう。

「人がどこでご飯食べようが、勝手でしょうが」

「なあおいセディ、こいつおまえが払ったバイト代、全部ここの飲食につぎ込んでねえか？　ぼろい商売だな」

「そこまでじゃないし！」

「紬さんのおっしゃる通りですよ」

セドリックが苦笑交じりに、紬にパンケーキのランチプレートを出している。

「今日の日替わり、それか？　俺も一個頼んでいいか。コーヒーつけて」

「珍しいですね。わかりました、まだありますから、少々お待ちください」

「あんただって同じ穴の狢《むじな》……」

「稼《かせ》ぎに占める比率が違う」

「ぺっぺっぺっぺっぺ」

　砂を吐くように紬が毒づいた。しかし事実である。厨房でパンケーキを焼くセドリックが、堪《こら》えきれずに肩を震わせた。

　そうして出てきたランチプレートは、小さめのパンケーキが三種類と、野菜サラダを盛り合わせ、コンソメらしきスープのカップが添えてあった。

　カフェ飯などといえば、たいてい婦女子が喜びそうな陣容であるが、友人がやっている店という免罪符があるので、男一人でも堂々と食べられるのは悪くないのである。

　今回のパンケーキは、どうも一枚ずつ傾向が違うようで、店で扱っているハーブ系の酢でマリネしたトマトが載《の》っているもの、アボカドペーストにスモークサーモンが載っているもの、最後はホイップバターにジャムがついて、『前菜』『メイン』『デザート』と、非常にバランスが良かった。

　虎太朗にランチを出し終えたセドリックは、先に食べている紬に感想を聞いている。

「いかがでしょう、紬さん」

「……ジャム、前と変わりました？」

「わかりますか」

「後味が違う。ちょっと洋風寄りっていうか」

なんだかのけ者で話をされるのも面白くなく、虎太朗は自分も会話に参加してみた。

「ジャムがどうかしたのか？」

セドリックが、こちらに向かって説明した。

「実は紬さんと虎太朗にお出ししたジャムは、試作品なんですよ」

「試作？　そうなのか」

「良かったら、虎太朗も感想を聞かせてもらえませんか」

言われた虎太朗は、自分のランチプレートを見た。

おそらくはこの、最後のデザートパンケーキについているジャムだろう。杏にも似た、黄金色のジャムだ。

言われてしまうと気になるもので、せっかちな虎太朗は前菜もメインもすっ飛ばしてデザートから食べることにした。

小ぶりのパンケーキは、流行《はや》りのふにゃふにゃとした柔らかいものではなく、そこそこしっかりとした弾力のあるオーソドックスなタイプだ。本体の甘さは控えめで、ジャムやバターと一緒に食べてちょうどいいぐらいである。

（完熟梅だな、これ）

甘酸っぱい味の正体に気がついた。前にも虎太朗は試食したことがある。

しかしあの時と違い、甘みのまろやかさが増し、後味にはほのかな洋酒の香りが漂った。

「完熟梅を、グラニュー糖と蜂蜜で煮詰めてジャムにしました。風味付けに、ブランデーが少し入っています」

ああ、なるほど。

独特な風味は、そのせいかと思った。

「これがいけそうなら、千川《ちがわ》さんにコラボジャムの完成形として、提案してみようと思うんですよ」

「……ありだと思いますよ、菱田さん」

紬は不機嫌に見えるすれすれの真顔で、セドリックに言った。

「トーストとかホットケーキとか、そういうのにすごく合う……と思います」

「そうですか。ありがとうございます」

セドリックがほっとしたように破顔すると、紬はますます眉間《みけん》の皺《しわ》を深くし、ランチの残りに集中しはじめた。

「虎太朗はどうでしょう」

「別に悪かねえんじゃねえの」

「なら合格ですね」

「ああ、そういや団子頭。おまえ、例のプロフィールが怪しい野郎の件は、どうなったんだ？」

ついでに聞いてみた。

紬の友人だか知り合いだかの、交際相手のことである。つきあいでマーマイトなるものまで食わされたので、虎太朗もその後が気になっていたのだ。

紬は顔をしかめつつ、おしぼりで口もとをぬぐった。

「……たぶん、大丈夫だと思う。ちゃんとさよならって言ってたし」

いわく、もう一人の関係者と連れ立って、最低野郎と彼女の別れ話に立ち会ってきたらしい。ちゃんと無事に終わるかどうか、男に丸め込まれることはないか、近くに張りついて見届けたというから、ご苦労な話であった。

「ふうん。あたし一人じゃ怖いのー、ついてきてーってか？　女ってのはこれだからな。俺にはまったく理解できん」

「確かに面倒だけど……友達だから仕方ないよ」

発言を聞いた虎太朗は思わず、紬の顔をまじまじと見てしまった。

──そうきたか。

彼女はばつが悪そうに体を小さくし、ほとんど空のコンソメスープのカップに口をつけている。その頬を、横合いからつついてやりたい衝動にかられた。

ちくしょう。こういうのを見るとやっぱり可愛いなと思う自分がいて、そんな自分にひどく難儀するのである。

第3話
熱波の根津から
いらっしゃいませ
根津神社
てづくり市
てづくり市

鈴掛紬《すずかけつむぎ》が、朝起きてまずやること。顔を洗い、歯を磨きながら窓辺に立つ。

入道雲がビルの谷間から湧き上がり、強い日差しで空が白っぽくかすんで見えた。

——夏だ。

(今日も暑くなりそうだな)

カーテンレールにぶら下げた、手製のてるてる坊主も、すでに役目を終えてしまったようだ。この先の熱波襲来を想像し、Tシャツ&ステテコ姿の紬は顔をしかめた。

歯磨きを終えたら、ステテコよりはもう少しましな衣服に着替える。

暦《こよみ》が七月半ばを過ぎたとたん、急に晴れの日が増え、気温も上昇し、気象庁は白旗を上げるように関東地方の梅雨《つゆ》明け宣言を出した。

これが高校時代なら、そろそろ夏休みに入っていてもいい頃合いだが、大学生はここから八月までががんばりどころだ。テストもレポート提出も課題の発表も、おおむねこのあたりに詰まっていると言っていい。

「よし、行くぞ」

頭のお団子《だんご》を邪魔しない、キャップタイプの帽子も目深《まぶか》にかぶり、いざ団子坂登攀《とうはん》だと気合いを入れて家を出たとたん、横合いの路地から名前を呼ばれた。

なんだよもう。

見ればのれんを出す前の『竹善《ちくぜん》』で、セドリックと武流《たける》が出たり入ったりと何やら作業をしていた。

「……何やってるんですか」

早々に寄り道をしてしまうのだから、どうしようもない。

「おはようございます。今日からいい天気が続きそうなので、土用干しをしようと思うのですよ」

「今日って水曜ですけど」

するとセドリックが、なぜか声を出して笑いだした。

「SundayやMondayの土曜ではありませんよ。五行の暦の土用ですよ」

「……はあ」

説明されてもなお、何をもって笑われたのかわからなかった。日本人の無駄遣《づか》いですまないという気分だった。

「ようはこの時季に梅を干すといいんだとさ、ドブス」

店の中から、武流が出てきた。両手に紐《ひも》付きの平ザルを持っており、ザルの上にはすっかり赤く染まって柔らかくなった梅の実が並べてある。

つまり保存容器の中で塩漬けにしていた完熟梅を、表に出して干す作業を『土用干し』

と言うようだ。

確かにどこかで干す作業を挟まないことには、梅干しではなく梅漬けになってしまうわけだが、梅仕事の時といい、わざわざ用語があるのが深かった。

ザルはここ最近——梅雨が明けてから、『竹善』の入り口近くに設置されるようになった木製の縁台に三つ並べられた。最後のザルには、梅と一緒に絞った赤紫蘇《あかじそ》も混じっている。

セドリックは軒先のフックに竿《さお》を通し、その紐付きの平ザルを全部ぶら下げた。

いわゆる『竹善』の看板の脇に、梅が干されている状態である。

これを風情《ふぜい》があると言うべきか、生活感丸出しと言うべきかは、微妙なところかもしれない。

「武流君。今日、学校は？」

「今日から夏休み」

舌打ちしたくなった。おのれ小学生め。

妬《ねた》ましさを隠して、セドリックに尋《たず》ねる。

「これ、どれぐらい干すものなんですか？」

「今日から三日間、連続で日光に当てる予定ですね」

それは暑さで干からびてしまいそうだ。それが目的なのだろうが。

「そうです、容器の梅酢も日に当てておかないと」

「これだろ？」

武流がちょうどいいタイミングで、蓋《ふた》付きの保存瓶を差し出した。中には濃い赤紫色の液体が入っていた。

「本当に素晴らしい息子ですね、あなたという子は……」

「ああはい、そういうのマジで間に合ってるから」

初手から抱きつかれるのを警戒し、瓶と引き換えに半歩下がる武流は、義理の父親の行動を読むのにだいぶ手慣れてきているようだ。

セドリックは、受け取った瓶も縁台の端に置いた。

斜めに差し込む陽光を受けて、瓶自体が赤く発光しているかのようだった。

「これが噂《うわさ》の梅酢……」

「赤紫蘇の色素が出ているので、赤梅酢と言います。赤紫蘇を入れない関東干しの場合は、白梅酢と言いますね。どちらも最後にこうやって日光消毒して、料理に使うんですよ」

「……酢の物とかに？」

「そうですね。かなり塩分が濃くて梅の酸味もありますから、一般的なビネガーというよりは、梅味の醤油《しょうゆ》と思うといいかもしれません」

想像がつかん。

セドリックは、もう少し具体的に説明してくれた。

「たとえば紅ショウガや柴漬けなどは、この赤梅酢に漬け込んで作ります。紬さん、最近ご実家から送られてきた、夏野菜などはありませんか？」

「あ――」

「茄子《なす》とかキュウリとか、ミョウガとか」

「あります。あります。すごいあります」

「良かった。なら、今度持ってきてください。漬けてしまいましょう」

やった。捨てたいくらい送ってくる神あれば、瓶詰めにしてくれる神ありだ。神様仏様、大天使セドリック様だ。

「でも……いいんですか。今って、菱田《ひしだ》さんのところ忙しいんじゃ――」

「紬さんのご実家のお野菜、とてもおいしいですよね。最近お目にかかっていませんでしたし」

セドリックは、何事もなかったようににこにこしている。

もしかしたら『例の件』の余波は、紬が気にするほどのことではないのだろうか。とてもそうには思えないのだが――。

「なあ、ドブス。おまえ、そんなのんびりしてる時間あんの」

「え」

「まだ学校あるんじゃねえの？」

武流に聞かれて、紬は我に返った。

――そうなのだ。大学生はまだ大学がある。いくらなんでも、道草の食いすぎだ。

「わ、私、行きます」

「はい、気をつけて行ってらっしゃい」

「武流君も、また後でバイトの時にね――！」

早足に歩きだしながら、菱田親子に別れを告げた。

そうして早々にセミが鳴きだした路地を抜け、最初の難関である団子坂の上りに挑む覚悟を固めたのである。


ランチタイムは大学の学食で、亜子《あこ》やミチルと一緒に今後の試験対策を練りながら昼食を摂《と》った。

「とりあえず私からは、ドイツ語の和訳を提供します……」

食事が一段落ついてから、あらためて人数分のルーズリーフのコピーを回すと、亜子とミチルは歓声をあげた。

「ウェブ翻訳でざっくり下訳してから直したやつだから、精度は期待しないで……」

「それでもいい、助かる」

「最高ー」

紬としては、地道に辞書を引く根気さえあればいい分野で貢献《こうけん》できて、ほっとしていた。

「それじゃあ私は、先輩から入手した心理学Aの過去問を！」

「あ、ありがとう」

「よくやった亜子」

特にこういう、コネと人脈がものを言う分野はさっぱりなので、ありがたみしかないのだ。

「私は情報処理と、統計学のコツ教えるのでいい？」

「いい、いい」

思いがけず数字に強いミチルが、また頼もしいことを言ってくれる。これで今期のテストは、無事に乗り切れるかもしれない。

——不思議な光景だなと、もう一人の自分が囁《ささや》いた。

ノートの貸し借りや試験対策をしている光景など、この時期、大学構内のどこを見回しても目につくものだが、最近は特に理由がなくても彼女たちと一緒にいる機会が増えた。

『鈴掛さん』は、『紬』と呼ばれるようになった。

『試験問題を回してくれる知り合い』とは、ちょっと違うものになったのだろうか。なったのかもしれない。まあそれはそれでいいやと、なし崩し的に発生した状況を、そう悪くないものだと感じる自分がいた。

「はー、早く夏休みになれ」

そんな紬の心の中の葛藤《かっとう》など知る由《よし》もなく、亜子が切なげなため息をつく。

「もうちょっとだよ」

「そのちょっとが嫌」

「そういえばさー、亜子。あんたのインスタ見たけど、もしかして『コロンブ』の神《かみ》トー食べたの？」

いきなり出てきた単語に、紬はどきりとした。

「あ、ばれちゃった？」

「やっぱり！　あの画像の隅にそれっぽく匂《にお》わせてた皿とジャム！」

「別に匂わせるつもりはなかったんだけどなー」

「嘘つくなっての。どんだけ並んだのよ。というか自分だけ抜け駆けって酷《ひど》くない——?」

「ほらあ、落ち着いてよミチル。また紬が置いてけぼりくらってるよ」

亜子が半笑いでこちらを指さした。

ミチルも勢いを削《そ》がれた体《てい》で、頬杖《ほおづえ》をついた。

「紬さ、千駄木《せんだぎ》に『コロンブ』ってベーカリーがあるのは知ってる?」

「……う、うん一応は——」

「知ってるけど行ったことはない! っていうんだよね。わかるわかる」

「ほんと谷中《やなか》に住んでる意味ないよね、この人」

いや今回に限ってはそうじゃない。勝手に話を進めないでほしい。

「とにかくね、そこのベーカリーで出してる食パンがめっちゃおいしくてね、特にイートインで食べられるトーストセットが神の味で、インスタでインフルエンサーが『#神トー』なんてタグ作って拡散してくれたおかげで大変なことになってるわけよ」

「私、先輩と朝から並んだもん」

「トースト自体もおいしいけど、一緒についてくるジャムがまたいいんだってさ」

ミチルはそう言って、紬がやっていないSNSの画面を見せてくれた。

そこには紬が知っているどころではない店のイートインコーナーや、トーストセットの画像が、大量に投稿してあった。

　トーストに添えられた完熟梅ジャムの小瓶も、『映《ば》え』るよう加工されて沢山アップされている。

「どうだった亜子、本物食べた感想は」

「もー、マジで神でした！　小麦のいい匂いがして、さくさくのふわっふわ。ジャムは別の店とコラボして作った、オリジナルなんだって。この店も『コロンブ』の近くにあるらしいんだけど、なんて言ったっけな――」

「竹善」

「あ、なんだ紬ってば、ちゃんと知ってるんじゃん」

　紬はうなずいた。

　それはそれはよく知っているのだ。その店主も義理の息子も、コラボのジャムができるまでの試行錯誤も、他のことも全部近くで見てきたのだから。

「でもー、行ったことない！　でしょ！」

「もー」

　亜子とミチルの声が重なり、二人そろってけらけらと笑いだした。

　なんだか紬も、反論する気が失せてしまった。

「……いま行っても、大変なだけでしょ」

「ほんとなんで谷中に住んでんの？　うちと交換しない？　荻窪《おぎくぼ》だけど」

でも実際、当事者のセドリックたちは、大変そうなのである。


夕方になっていったんアパートに戻ってから、紬は家庭教師のバイトをしに『竹善』へ行った。

いつもと同じ調子で路地を曲がったら、店の前に客が何人もたむろしていて驚いた。

（うわ。もしかして新記録？）

商店街の酒屋の角打《かくう》ちよろしく、縁台に座って『竹善』の瓶詰めドリンクを飲んでいる人あり。一枚板の看板を撮っている人あり。

さすがはコラボ効果というやつだろうか――。

『コロンブ』の千川仁希《ちがわにき》と組んで作ったジャム&トーストのセットは、今のところ予想以上の反響と捌《さば》け方をしており、滑り出しは上々らしい。そこの完熟梅ジャムの評判を受け、製造元の『竹善』にも人が流れてくるようになったのだ。

朝のうちに干していた梅干しのザルは、梅酢の瓶とともども取り込んであった。紬は賑《にぎ》やかに歓談する人たちの脇をやや遠慮がちに通って、千本格子戸《せんぼんこうしど》を開けた。

予想した通り店内は、お座敷もカウンターもほぼ八割方埋まっていた。

セドリックが、厨房《ちゅうぼう》から紬に気づいて微笑んだ。その手はドリンクを作るために絶えず動いて、やはり忙しそうだ。

（上、行きますね）

紬は邪魔をしないよう、ジェスチャーで二階を指さしてから、カウンター奥ののれんをくぐる。

そして二階の茶の間は、一階の活気とは打って変わって、菱田武流とネコ太朗が大の字になっていた。

一人と一匹、そろって腹を天井へ向けて、クーラーだけが低音で稼働し、怠惰《たいだ》という言葉がぴったりくる姿だ。

「……もうちょっとさあ、しゃきっとしようよ。下でお父さんがんばってるんだから」

「うるせー。さっきまで俺もグラス洗ってたんだよ」

寝転びながら反論された。

なんでもランチとティータイムの手伝いに駆り出され、家庭教師の紬が来るからと、ようやく二階に上がることを許されたのだという。

「それは……大変だったね」

口が悪い紬でも、ねぎらうしかなかった。怠惰ではなく、疲弊《ひへい》の図だったのか。

「たぶん夏の間中これだろ。俺の夏休み終わった。死んだわ絶対」

「わかったわかった。せめて宿題は協力してあげるから」

天井をうつろな目で見つめる武流に、紬は家庭教師としてできることをしてやろうと思ったのだ。

まずはちゃぶ台の前に座って、武流が学校から持ち帰ってきたワークやプリントを確認した。

武流もしばらくすると、後ろ頭に寝癖《ねぐせ》をつけて起き上がってきた。

「いきなり忙しくなっちゃったね」

「いい迷惑だ。こんなブームさっさと終われ」

「こら。つまらんこと言うなよ」

「ドブスはこうなってほしかったんだろ、ずっと」

ネコ太朗をなでながら、武流に聞かれた。

こうなる、といってもこれほどとは思わなかったが、紬にとって特別な場所である『竹善』が、多くの人に知られないままというのはおかしいと思っていたのだ。

だからこの状況は歓迎だ。紬はうなずいた。

「うん、なってほしかったよ」

「あっそ」

アルバイトの時間が終わって一階に下りても、まだ店の中は賑わっていた。

セドリックは座敷の家族連れに、飲み物を出している。小学校低学年ぐらいの女の子の目が、綺麗な色のシロップソーダに輝いた。

「わあ、ママ見て。お姫さまのジュースだ！」

「よかったねえ、りっちゃん」

母親らしき人が、女の子の横で笑っている。父親らしき人も、祖父母らしき人もみんな笑顔だった。

──『本物』の予感がした。

偶然や気のせいではない。きっと何かが変わったのだ。

「菱田さん、終わりましたから帰ります」

紬はセドリックの背中にそれだけ言って、『竹善』を出た。

勝手に祝杯をあげたい気持ちで、路地を歩く足下がふわふわした。

そのまま自宅アパートに帰って、荷物のショルダーバッグを開けたら、自分の失敗に気がついた。

茨城《いばらき》からの実家便だ。ミョウガにキュウリに、茄子も沢山。セドリックに瓶詰めにしてもらおうと思っていたのに、そのまま持ち帰ってきてしまった。

(——ま、いいか)

紬は野菜のビニール袋を取り出し、シンクに置く。

セドリックたちはこれからも忙しいだろうし、自分ごときの実家便で、余計な手を煩《わずら》わせるのも気が引けた。自分でなんとかすればいいのだ。

冷蔵庫を開けると、まだ『竹善』の瓶詰めが並んでいた。

(これはパンに塗るジャムやパテ)

(こっちのドアポケットにあるのは、ご飯のお供の佃煮《つくだに》)

(ピクルスもシロップもある)

一つ一つ指をさして確認する。大丈夫。

しばらくはこれらに助けてもらいつつ、野菜は夏の豚汁に活用して乗り切ろうと思った。

味噌仕立ての豚汁にキュウリを入れるのはどうかと思ったが、試してみたら意外といけたことをここに記しておこう。

＊＊＊

『はい、今日のてくてくスポットニュースは！　今話題沸騰《ふっとう》の食パン専門店「コロンブ」さんにやってきました！』

ぶー。

紬は米粒ごと豚汁を噴いた。

朝からつけっぱなしのテレビが、何やらとんでもない情報を流している。

亜子とミチルの協力を得ながらレポートと前期試験を乗り切り、八月に入ると同時に夏休みになった。ただいま紬はクーラーをかけたアパートに引きこもりつつ、例によって昨日の残りの豚汁に、冷やご飯を突っ込んで昼食としていたところだ。

紬は台拭《だいふ》きでコタツテーブルをぬぐい、テレビ画面を凝視《ぎょうし》する。生中継らしいカメラは、団子坂の交差点を映し、不忍《しのばず》通りの赤い日よけを映し、そして中に並ぶ沢山の角食《オーメント》パンを映した。

レポーターのタレントが、『コロンブ』で人気の高級食パン『むぎの女神』を紹介した後、作り手でオーナーの千川仁希が登場だ。

（うわー、本当に千川さんだ）

白いコックコート姿の彼女は、はきはきと歯切れ良くレポーターの質問に答えている。

こうして見ても、非常に目力が強くて画面映えする人だ。

『このこだわりの食パンを焼いたものが、お店で食べられると伺《うかが》ったんですが』

『はい。「むぎの女神」を含めた、三種のパンをトーストしたセットがあります。ジャムもトーストに一番合うものを、コラボ先の方と相談して一から開発しました』

『神トーですね！』

こんがり焼けた厚切りトーストが大映しになり、レポーターが黄金色のジャムが載《の》ったそれを、至福の顔で食べている。冷めかけた豚汁inライスでお腹《なか》が満たされつつある紬でさえ、味と食感を思い出してよだれが出るぐらいである。

しかし――。

（これ、しばらくバイト以外で菱田さんとこ行かない方がいいな）

放送の内容は『コロンブ』に終始しているが、余波だけでもあの小さな店には充分なことは予想がついた。

（ほんとは今日、お茶飲みに行きたかったんだけどな）

冷蔵庫の瓶詰めもなくなりそうだし。

（でもな）

もう随分《ずいぶん》長いこと、あのカウンターに客として座っていない気がする。しかし他の客でいっぱいのところに、紬が一人分の席を取るのも気が引けたのだ。

虎太朗《こたろう》に入《い》り浸《びた》りすぎだと、さんざん馬鹿にされてきたが、ある意味もっともだったのかもしれない。こんなふうに、取り残されたような気分になっているのだから。

「……布でも見に行くかー」

紬は独り言を呟《つぶや》き、リモコンでテレビを消した。

谷中とは線路を挟んで反対側、日暮里《にっぽり》の駅前から東へ伸びる大通りに、日暮里繊維街というものがある。

ここは戦前から布や革の問屋が集まっており、今も手芸やレザークラフトの材料を扱う専門店が沢山軒を連ねていた。紬が谷中にアパートを借りた最大の理由も、ここ日暮里繊維街に近いからだった。

間口の狭い店舗にたった一つの商材――繊細な硝子《ガラス》ビーズやカーテンのタッセルのみを

集めた専門店などは、見ているだけで究極の趣味の宇宙に触れた気になれる。逆に複数のビルにまたがって豪快な売り方をしている大型店舗もあり、こちらは物量の海に浸かるのが純粋に楽しくもあった。

紬がその時訪れていたのは、後者の方だ。

反物《たんもの》の状態で棚に並ぶ布は、ブロード、ジョーゼット、シーチング、スエードなど全て十センチ単位で量り売り可能。細かいボタン類は、素材やサイズ別に小分けにされて、引き出しにおさまっている。絵の具並みに色数がある刺繍《ししゅう》糸のグラデーションは、それだけで芸術品のように美しいとため息が出る。

ここにあるものは、どれもこれもそれ自体では完結せず、誰かの手によって完成を待つ可能性の塊《かたまり》だ。みんな紬次第で何にでもなるのだ。そう思うだけでわくわくして、時間がたつのを忘れられた。

すっきりしない気分の時は、こうやって手芸店の棚の前で何を作るか考えるのが一番である。

「おっ、来てるね鈴掛ちゃん」

副資材コーナーの端で、がま口用の口金が安くならないかと念じていたら、店員に声をかけられた。

制服の首に、白い巻き尺を引っ掛けて歩くスタイルは、量り売りが基本の手芸用品店ならではのスタイルであろう。そして藤波小雪《ふじなみこゆき》の場合、マイ巻き尺で胴回りを測れば大台に乗りかねない、ビッグスタイルの持ち主であった。

「……なに、がま口でバッグ作る気?」

「考え中です」

「ああ大丈夫、構わずどんどんやっちゃって。鈴掛ちゃんが作るものならみんな可愛いから。ふふふ」

「……根拠ないですよねそれ」

「あるってば。うちで買った布やボタン、何日かすると鈴掛ちゃんが着る服の一部になって再登場するんだもの。ちょっとしたコレクション見てきた気分よ」

確かにその通りであった。

常連と言うのもおこがましいが、一年以上通いつめたおかげで、このあたりの店員には、顔と名前を覚えられてしまっていた。

特に小雪の場合は話し好きで、聞いてもいないのに三十六歳二児の母、プライベートでも手作りアクセサリーの販売をしているということまで打ち明けてくれていた。それを知って、どう今後に活《い》かせという話ではあるが。

店に展示してある見本品は、ほとんど彼女が作ったものだというから、腕が立つのは確かだろう。

それにしたって、既製服《きせいふく》にちょっと刺繍を入れただけだったり、小さなパーツを取り替えただけでも気づくのだから、小雪も目ざとい。

「別にお世辞じゃないよ？　面白いセンスしてるっていうのは、今はいてるスカートの色合わせ見ればピンとくるし」

「……布足りなかったんで、後ろだけパッチワークにするしかなかったんですよ」

「ねえ、聞いても教えてくれないから見てはないけど、ネットで売る用のアカウント、実は持ってるんでしょ？　出せばすぐ捌《は》けるんじゃや？」

「まあ、一応は……」

「やっぱり捌けるんだ」

紬は、曖昧《あいまい》にうなずいた。

作りすぎてしまった小物や服を、ハンドメイド作家が集まる販売サイトに出品して売ることは、たまにしていた。目的としてはお小遣《こづか》い稼《かせ》ぎと、部屋の片付けをすることがメインで、幸いにして出品すれば誰かしら引き取り手が見つかっていた。これは相場より安くしたのと、出品数が少なかったからだと思っている。

思えば家庭教師のバイトを始めてからは、売る方はとんとご無沙汰《ぶさた》だ。

アカウントのページを開いてみても、売約済みの写真しか残っていないだろう。

「これはお誘いなんだけど——鈴掛ちゃん、てづくり市《いち》に出す気はない？」

「え？」

「根津《ねづ》神社で、作家のフリマみたいのが毎月やってるのよ。私、今月出る予定なの。鈴掛ちゃんのも、良かったら置くよ？　一緒にやらない？」

小雪の体型では、こそこそするも何もなかったが、やや声をひそめての勧誘であった。

これは手芸店の店員ではなく、アクセサリー作家としての誘いということだ。

「……ちょっと……考えさせてもらってもいいですか」

「いいよもちろん。でも二週間切ってるから、なるたけ早めにね」

小雪はニッと笑い、巻き尺の端をひらめかせながら去っていった。

——てづくり市か——。


けっきょくあの後、ミシン糸を一個だけ買い足して、帰宅の途についた。

陸橋を渡り、『夕やけだんだん』の石段をゆっくりと下っていきながら、小雪の誘いについて考えた。

(根津神社でやるのか)

不要品を売るフリーマーケットとは別の、作家性が強い雑貨やアクセサリーを販売するイベントがいくつか存在するのは知っていた。有名どころでは、東京ビッグサイトで行われるデザインフェスタなどだろうか。

(あの神社の境内《けいだい》なら、そんなに大きいものじゃないだろうけど……)

しかし、対面で客と作り手がやりとりする世界であることには変わりない。

しかも場所は、人目につく屋外。フルオープンでノーガード。イベントと関係ない人も来る。偏屈コミュ障にとっては、ハードルが高すぎて目眩《めまい》がするような案件だ。お客としても近寄りがたいのに、売るなどとてもとても。

——なら、なんであの場で断らなかったんだ、自分。

夏休みだから?

暇《ひま》だから?

自分で自分がよくわからなかったが、商店街を通ってアパートが近づいてきたら、なんとなくわかった。

路地の向こうの『竹善』では、今日も縁台に人がいた。

店の中の喧騒《けんそう》も聞こえてきそうだった。

あそこにあるのが、偶然ではなく必然の結果だとするなら、紬も何かしてみたいと思ったのだ。

(そっか)

そういうことなのか。

この気持ちは、たぶん無駄にしてはいけないと思った。

アパートに戻ってから、紬は小雪へ連絡を入れた。

──動かなければゼロはゼロ。でも、ここで動けば確実に『一』だ。

活動開始だった。

＊＊＊

さて。小雪に言われた通り、すでに本番まで二週間もなかった。

在庫と呼べるようなストックもないので、今から全部作らないといけない。

アパートのコタツテーブルにクロッキー帳を広げ、何を作るかというところから試行錯誤が始まった。

『そうだねえ。そんなにスペースが広いわけでもないから、大きい服とかは売りづらいかも』

「服はだめ……わかりました」

経験者の小雪が、終業後に電話でくれるアドバイスだけが頼りだった。紬はスマホ片手にメモを取る。

『鈴掛ちゃん、刺繍めっちゃうまいじゃん。ああいうので小物作れない？　ブックカバーとかポーチとか』

「……やってみます」

『私のが、レジンのアクセサリー中心だからね。お互い補い合えるといいよね』

その言葉を聞いて、一瞬メモを取る手が止まった。

小雪が作家として販売しているものを、あらためてネットで見てみたが、非常に繊細で美しく、あれに見合うものを求められるとプレッシャーである。

「……見劣りするようなのになったら、すみません」

『だーいじょうぶだって、私だってそれなら声かけてないもん。いつものようにやってくれれば平気平気。おおっと、チビの奴が起きてきたわ』

電話の向こうで、小さな子供が泣く声がした。

「小雪さんのお子さん、何歳でしたっけ」

『四歳と、一歳三カ月になったとこ。んじゃあね、鈴掛ちゃん。またなんかあったら連絡してちょうだい』

そして通話が切れる。

一家の主婦であり、ハンドメイド作家であり、日暮里で布を売る店員でもあり。小雪の着ぐるみのような体の中には、実際に何人か入っているのではないかと思うほど多才だ。

とにかく、引き受けてしまった以上はやるしかないわけで。

（いつものようにって……いつもってなんだ？）

いざ言われると困った。ただその時に作りたいものを、作りたいように作っていると、こういう場面で途方に暮れるわけか。

「うー……」

ああでもないこうでもないと迷いつつ、デザイン画だけでクロッキー帳を何冊か描き潰《つぶ》して三日が過ぎた。

それでもなんとか作るものが決まれば、その次は製作だ。

小雪の店などで必要な材料をそろえ、あとは家にこもって手を動かすのみである。

（……ポーチが大きいのと、小さいのでしょ。あとはブックカバー。ブローチとヘアゴム。全部一個ずつってわけにはいかないから、何個か数をそろえないと。色違いもあった方がいいかな）

頭の中であれこれ考えつつ、谷中の商店街では、自分が生きる用の買い出しもする。夕飯は考えるのも面倒なので、引き続き部屋にある野菜をぶち込んだ夏豚汁でいいと思った。豚肉と味噌だけ買い足そう。

繊維街で買ったものが入ったレジ袋をガサガサいわせ、スーパーの調味料売り場に向かったら、通路の角に置かれたカップ麺の山を荷物で引っ掛けてしまった。

まったくもう。この忙しいのに。

一人で商品を拾い集めていると、後ろを通りがかった客が一つ拾い上げた。

——視界の端に、任侠度《にんきょうど》の高いシャツが見えたのですぐにわかった。

「鈍くさいことやってんな」

ご近所に住む理系ヤクザである。

彼は売り場にカップ麺を戻すと、カツアゲでもする調子でこちらを見下ろして言った。

「最近どうだ？　セディのとこが忙しくなってるから、飯が貧弱になってねえか？　ん？」

「おあいにく様。それどころじゃないんで」

「……そうか」

「じゃあね。あんたもカップ麺ばっか食べちゃ駄目だよ」

言われた虎太朗は、ややあっけにとられたような顔をしていた気がする。しかし紬も気にする余裕がなかったのだ。

家に戻って大量の豚汁を仕込み、ひたすら針と糸の世界に没頭した。


——そして、疾風怒濤《しっぷうどとう》の一週間が過ぎた。


（よし）

帆布《はんぷ》に施《ほどこ》した刺繍に玉留《たまど》めをし、糸を切って刺繍枠を外す。

現れたのは、リスとキノコの森の絵である。これの端を縫い合わせて、ブックカバーにするつもりだった。

（…………良かった。なんとか間に合うかも）

裁断した布の切れ端と、大量の糸くずにまみれながら、紬はほっと安堵《あんど》した。

脇に置いた段ボール箱には、ここまでに作ったがま口ポーチやアクセサリー類が入っている。基本は、刺繍の布小物で統一してみた感じだ。

いざ数をこなすとなると、やたらと凝《こ》ったデザインばかりで泣きそうにもなったが、妥《だ》協《きょう》だけはしなかった。小雪の洗練された作品に釣り合うものを作るとなると、こちらには根気と執念しかないからだ。

刺繍など、朝から晩まで刺しても刺しても終わらないと思っていたが、終わりの兆《きざ》しが見えてくれば感慨もひとしおだ。

(ほんとね、こんな全面みっちり細かい刺繍入れようなんて、誰が考えたんだか。私なんだけど)

眠気防止に、飲み慣れないコーヒーまで摂取して、頑張った甲斐があったかもしれない。

服についた糸くずを払おうと、紬はその場に立ち上がった。

「あ」

かこんと。

途中で膝《ひざ》がコタツテーブルにぶつかり、天板が大きく揺れた。

あっという間だった。天板に置いてあったマグカップが倒れ、中に入っていたカフェオレが、扇状《おうぎ》に広がる。

茶色い液体の大半は、そのままナイアガラかイグアスの滝のように真っ直ぐ、すぐ下にあった段ボール箱へと注がれていった。

――もう何も考えられない。

――真っ白だ。

――みんな真っ茶色になってしまっただろうけれど。

紬はカーペットに中腰の姿勢のまま、しばらく呆然《ぼうぜん》としてしまった。

しかし、こうしていても現実は変わらなかった。紬は恐る恐る、マグカップを戻して段ボール箱をのぞき込む。生成《きな》りの帆布がベースの小物類は、コーヒーと牛乳が混ざったものをたっぷり吸い込んで、まだらに染まってしまっていた。

最初に考えたのは、どうする？　ということ。

これを売り物にするのは、もう無理だ。なら今から新しく作り直す？　てづくり市当日まであと何日あっただろう。

自分を嘆《なげ》いている暇が、一秒もないことだけは確かだった。

紬はカフェオレまみれになった完成品が入った段ボール箱を、丸ごと台所のシンクに放り込んだ。

汚れた天板を拭《ふ》き、残っていた布を出して、裁《た》ちばさみで裁断していく。

（私はもうコーヒーは飲まない）

絶対だ。『やなか珈琲《コーヒー》』の匂いにだって惑《まど》わされないと誓う。

あともう一つ言うなら。

（……刺繍、どうしよう）

ここまでで、一番時間がかかっていた工程だ。ミシン刺繍か、ワンポイントでも大丈夫なデザインに変えようかとも思った。

そうすれば早くできる。量もこなせる。

でも——ここまでがんばったものを、全部無にするのは悲しすぎた。

（嫌だ）

こみあげてきた涙を、親指で乱暴にぬぐった。

とりあえずは行けるところまで、やれるところまでやってみるのだ。まずは必死に手を動かす道を紬は選んだ。

＊＊＊

ああ——眠い。
ものすごく眠い。

いろいろ朦朧《もうろう》とはしていたが、『竹善』の二階で、家庭教師のバイトもしなければならなかった。

「なあ、ドブス。ここの問二なんだけど」

刺繍針を持ってくればよかったなと思った。そうすれば少しでも作業を進められたし、なんなら眠気飛ばしに指に刺してもいい。

「ドブス?」

「……え、ごめん何?」

「問二。これ問題おかしくねえ?」

「おかしいって、そんなわけないでしょ。ちょっと待って——」

武流がやっているワークを引き寄せ手に取ると、近づけたり遠ざけたり、老眼が入った人のように目を細める。

「……いや、うん、おかしくないよ。この文で合ってるから」

「は?　嘘だろ」

「問一の解答が間違ってるから、後がみんな変になってるんだよ。まず一の方から考え直してみて」

「なんだよそれ——」

なんとか頭を働かせ、武流にワークを返した。当人はぶつぶつ文句を言いながら、また自分で解く作業へ戻っていった。

いやはやそれにしても——眠い。

そこの畳で寝ている、ネコ太朗という生き物が憎い。今すぐ私と代われ。そこで何も考えずに惰眠をむさぼる権利を私によこせ。

「どう、わかった？」

「これは？」

「どれ見せて——」

武流のワークをのぞき込み、それからなにがしかを喋《しゃべ》った気はするのだが、いったい何を喋ったのか、それ以前に意味の通じる内容だったのか、紬は不思議と覚えていなかった。

後頭部を殴《なぐ》られるような眠気に、紬の全てはブラックアウトしたのである。

——音だ。

ちゃぶ台に突《つ》っ伏《ぷ》していた紬が薄目を開けると、続きの和室で武流がモンスターを斬り伏せているところだった。ポリゴンの巨体が倒れ伏し、報酬とレベルアップの音が響く。

（おいこら。勉強どうした）

紬はまず思った。

堂々とサボって、大画面でゲームとはいい度胸である。その勇気だけは、褒《ほ》めてやろうと思った。

「ああ、お目覚めですか」

セドリックの声に慌てて背後を振り返れば、いつの間にか大天使が二階に上がってきていて、紬のことをにこにこと見下ろしているのである。

だんだん頭の方も、働きだしてきた。ようするにこれは、度胸があるのは武流などではなく、紬の方だったということだ――。

「お疲れのようですね」

「…………すみません」

猛烈に穴があったら入りたい気分だった。いくら睡眠不足とはいえ、バイト中に居眠りするとは何事だ。

エプロンも取ってしまっているセドリックに、紬は恐る恐る聞いた。

「あの、菱田さん。お店の方は……」

「もうとっくに閉店していますよ」

その答えに、本気で悲鳴をあげたくなった。いったい何時間眠りこけていたのだ、自分は！

「すみません。本当にすみません。すみません」

土下座せんばかりに頭を下げた。

「いいんですよ。とても気持ちがよさそうだったので、起こさない方がいいと武流と話したんです」

でも、いくらなんでもあんまりだ。

部屋の時計をあらためて見て、ロスした時間にも泣きたくなった。できればそんな気は遣《つか》わないでほしかったと、筋の通らない恨み言を必死に飲み込んだ。

「何か、お急ぎのことでもあったんですか？」

優しく問われ、紬は仕方なく今の状況を打ち明けた。

「実は……今度てづくり市に出るんです。根津神社の」

「紬さんが？」

「はい。なかなか自分のぶんのノルマが終わらなくて……つい。すみません」

何を話したところで、これは言い訳だった。

セドリックは「なるほど」と呟くと、紬の向かいに腰をおろした。

「さて紬さん。これは科学的にも証明されていることなのですが、気が急《せ》いている時ほどきちんと休息をとって作業にあたった方が、能率が上がるんですよ」

寝起きで色々とぐしゃぐしゃな紬に向かって、彼はにこりと微笑んだ。

「ですからこれは、紬さんにとって必要なお休みだったということです」

「……居眠りですけど」

「はい。一つ騙《だま》されたと思って、帰って作業をしてみてください。きっとびっくりするほど進みますから」

応援していますよと、セドリックはお人好しぶりを発揮していた。本当に心配になる人だった。

それで背中を押された気持ちになる自分も、たいがい単純で人のことは言えないのだ。

アパートに帰ってから、セドリックに言われた通り、遅れていた作業を再開した。

彼が言った言葉はある意味正しく、前よりもずいぶんましな意識で製作することができた。

黙々と針を動かしていたら、小雪から電話がきた。

『どう、鈴掛ちゃん。なんとかなりそう？』

「……たぶん、大丈夫だと思います」

『そっか、良かった。私の方もチビたち預けて参戦するから。当日はよろしくね』

喋る彼女の後ろで、子供の笑い声が響いた。どうやらお風呂を出て逃げ回っているらしく、旦那さんらしき男性が追う声も聞こえる。

『ったくもー。うるさくてごめんね』

「元気ですね……」

『まあね——こおらユーリ！　パパ困らせたら駄目だからね！』

BGMまでにぎやかな通話を切ってから、あらためて目の前の布に向き合った。

泣いても笑っても、残りあと数時間だった。

（よし、集中だ）

＊＊＊

そして、やってきてしまった当日の朝。

紬は、己《おのれ》の耳を疑っていた。

「……三十八度、ですか」

『そう。上の子が、急に熱出しちゃってさ。下は旦那に見てもらえるけど、受け付け始まったら病院連れてかないと。本当にごめん！』

午前六時過ぎという早朝にかかってきた電話は、今日一緒に出店するはずの藤波小雪からだった。

スマホを握る紬の足下には、ようやく目標の数に到達した布小物が入った段ボール箱がある。

そんないきなり酷《ひど》いという言葉が出かかったが、お子さんが病気というなら、仕方がない話だ。誰が悪いというものではない。

『私の売り物とディスプレイ道具、マンションまで取りに来れる？　うち、町屋《まちや》にあるんだけど』

紬はぎょっとした。

「わ、私一人で参加するんですか。キャンセルは」

『しちゃだめだよ。絶対だめ。せっかく準備したんでしょう。出なきゃ』

小雪は切羽《せっぱ》詰まった勢いで、紬の言葉にかぶせてきた。

「でも」

『お願いだからやめないで、鈴掛ちゃん。こんなの私が言えた義理じゃないのはわかってるけどさ。私は鈴掛ちゃんの作品がお客さんの前にデビューするの、楽しみにしてたんだよ、本気で』

「……藤波さん……」

『技術《テク》もあるし、いいセンスしてるもの。今からうちの住所送るからね。絶対悪いようにはならないって保証する。それじゃあね』

一方的に通話が切れた。すぐに小雪のマンションの地図が、LINEで送られてきた。

——もはや紬に、選択の余地はないようだ。

どうしてこんなことになるのだろう。生まれて初めてのイベント参加が、よりにもよって売り手の一人参加なんて。ただでさえ人見知りで、接客の経験もろくにないのに。

とりあえず帰省用に使っていたキャリーカートに、今まで作ったものを全部入れて、千代田線《ちよだ》に乗って町屋の住所を訪ねた。

指定の部屋のインターホンを押したら、すっぴんに部屋着姿の藤波小雪が現れた。

「うわあ、良かったあ。来てくれた。ありがとう鈴掛ちゃん！」

豊満な体の小脇に、『下のチビ』とおぼしき、オムツの幼児も抱いていた。ミニ小雪といった雰囲気で、こちらもぷくぷくぽちゃぽちゃしていた。

小雪は泣かんばかりに感激していた。

「お子さん……大丈夫ですか」

「うん。今、奥で寝てる。洟《はな》つまって寝苦しそうだけど」

それは辛《つら》い。早く楽になるといいと思う。

「とにかく、私の荷物だね。さっさとすませちゃおう。本部で手続きする時に見せる書類と、出品するアクセサリーでしょ、ディスプレイ用の布とかボードとか。これ、そのカートに全部入りそう?」

小雪は玄関の入り口に、すでに渡す荷物をまとめて用意してあった。

「……大丈夫だと思います。中身、半分しか入れてないんで」

「良かった。じゃあ入れちゃおう」

彼女のぶんの荷物も一緒に入れて詰め直し、カートの蓋《ふた》を閉めて立ち上がった。

「私のやつは、余裕があればでいいからね。今回はとにかく、鈴掛ちゃんのを中心に置いて売って」

「やるだけやってみます……あの、変なことになったら——」

「そういうのは気にしないでいいから。無理しないで楽しんできて。いってらっしゃい！」

小雪は抱っこした赤ん坊の手を持ち、『バイバイ』と振って紬を見送った。

紬がマンションを出ると、ビルの向こうに入道雲。今日も――間違いなく暑くなるだろう。


根津神社に到着すると、正面の赤い鳥居の手前に、イベントの立て看板と、てづくり市の本部が見えた。

同じように売り手として参加するらしい人の後に続き、本部で受け付けの手続きをして、紬は指定された出店ブースに向かった。

てづくり市の販売エリアは、南の表参道沿いと、北の裏参道沿いの二つに分かれていた。紬に割り当てられたブースは、裏参道の真ん中あたりにあった。

半年近く前の春休みには、ここで武流と二人でセドリックが誰と会うか見張ったのだ。その相手の変な弁護士にも出会った。そう思うと複雑な気分だった。

あの時冬枯れだった木立は、深く緑を繁らせて砂利《じゃり》道に木漏《こも》れ日を作っている。うるさいぐらいにセミも鳴いていた。

「どうも、おはようございまーす」

ひい。

ブースに到着早々、すでに店開きを始めていた左右の人たちに挨拶《あいさつ》をされた。紬は露骨にびくついて、目までそらしてしまった。完全に元の感じが悪い人見知りである。

（ごめんなさい、ごめんなさい）

心の中で謝りながら、自分のカートをブースに置く。

両隣ともこのイベントは常連のようで、喋《しゃべ》らない紬の頭越しに会話をはじめた。右の人が革細工で、左の人が和紙小物だった。どちらも本格的で見栄《みば》えがした。

まずはレンタルした折り畳みテーブルに、小雪が持たせてくれた布をかけ、コルクボードやトレイにアクセサリー類を並べていく。紬が作ったポーチやブックカバーも平置きして、これでいいか、いいやもうちょっと右だと試行錯誤をし、客側と売り手側とで何度も場所を往復しながら見え方をチェックした。

（そうだ、値札も付けなきゃ）

自分のぶんを完全に忘れてきてしまったが、小雪の荷物に予備のカードがあったので、それを使わせてもらうことにした。

値段を手書きする際、少し悩んだ。一緒に売る小雪の作品との兼ね合いもあるので、あまり投げ売りになるような価格設定にはしない方がいい気がした。

どうか、どうかどうかなんとかなりますように。ともすれば不安に震えそうになりながら、斜め前に見える神社の本殿にもお祈りをした。

心臓をばくばくいわせながら開店準備を終え、てづくり市も開催の時刻になった。


「ねえ見て見て、フリマやってるよー」

――参道の石畳を、大勢の人が行き交っている。

あらためて見ると、休日に神社へ立ち寄る人というのは、本当に多種多様だった。

日課の散歩とばかりに、身軽な出《い》で立ちなのは地元民だろう。引き続いて、御利益《ごりやく》が何より大事な参拝客。神前式の挙式を終えて、記念撮影をしている新郎新婦に両家の方々がいるのは、今日が大安吉日だからだろうか。レンタサイクルで立ち寄る外国人観光客なども、かなりの数が目についた。

そして紬は、そんな彼らを相手にお店を開く、てづくり市の一員なのである。

(見世物じゃないと言いたい)

(見世物なんだけどさ)

アンビバレンツな感情は、人のエネルギーゲージを消耗させる。

通りがかりの知らない人の視線が、なんともいたたまらなくてしょうがない。見られているのは椅子に座っている紬ではなく、テーブルの売り物なのだと自分自身に言い聞かせても、それはそれで心穏やかではいられないのである。

「あ、可愛いこれ」

「ほんとだ」

——また来た。お客さんだ。

中学生ぐらいだろうか。部活帰りらしいジャージ姿の女の子たちが、集団でテーブルに近づいてきた。

「いいなあ、欲しい」

「ユッコ、お金持ってるの？」

「おばあちゃんがお小遣いくれた」

「ていうか買い食い禁止じゃ」

「食べない物だからいいじゃん」

にぎやかにお喋りをしながら、小雪が作ったレジンの指輪や、紬が作った刺繍入りのポーチなどを手に取っている。

最終的にお嬢さんたちは、「おそろいで！」と言って、刺繍のくるみボタンがついたヘアゴムを全員で購入してくれた。

「……あ、ありがとうございます……」

時間差で次々に差し出されるお金を受け取り、過不足なくおつりを渡す作業だけで、ただでさえ少ない紬の対人許容量がパンクしそうになった。

そろいのジャージの背中が、鳥居の先へと遠ざかっていく。

（ほんとつかれる）

小銭を釣り銭入れの菓子缶へ流し込みつつ、滲《にじ》んだ額《ひたい》の汗をぬぐった。

こうやって人が沢山いる中で、じっと座っていないといけないのも疲れるし、知らない人が寄ってくるとますます緊張するし、商品に触れられると心拍数が急上昇だし、声などかけられた日には挙動不審者一歩手前だ。気持ちが顔に出にくいのが幸いだが、愛想笑いや声かけも、まったくできていないのは自覚していた。

なんというかこう、フリマも無人販売が許されないだろうか。

たとえば紬の田舎《いなか》の農道で、野菜を売っているようなやつで。大根一本持っていくかわりに、百円玉を箱に入れるような。大根のかわりに可愛いポーチを。

（それじゃネットでいいって話か）

くだらないことを考えている場合ではなかった。紬はハンドタオルに包んだペットボトルから、ちびちびと水を飲む。

販売開始から一時間が過ぎた。そして一人参加が過酷なのは、まさにここからだったのである――。


――うだるような暑さ、と人は簡単に言うけれど。


午後に入ると境内の気温はさらに上昇し、紬の体感ではお湯につかっているような気分だった。

幸いにして根津神社は緑が多く、地熱を反射するようなアスファルトもない。しかし、空気自体が高温傾向ではどうしようもないのだ。

せめて水分補給だけは欠かさないようにしているのに、トイレに行く気がまったく起きないのは、ようするに全部汗になって出ているということだろうか。

売り物を残してトイレに行くのも怖いので、これはこれでいいのかもしれないが。

（……お昼ご飯も買いそびれたよ。まいったね）

午前中は日陰になって涼しかった紬のブースも、今は西日をダイレクトでくらっている状況だ。

どこにも逃げられずに店番をしていると、目の前を歩いていく参拝客が、陽炎《かげろう》のように揺らいで見えた。

「……おい、こら」

それにしても暑い。首を傾けると目眩《めまい》がしてくる。

もしかしてこれ、イベントが終わる前に熱中症で倒れやしないだろうか。

「おまえな、客がいんのにガン無視かよ。聞いてるか団子頭」

一瞬まわりの物音も遠ざかりかけたが、その声で紬は我に返った。

ヤクザだ。怖そうなチンピラがいるぞ。

「……ショバ代は興業主に払ってますが」

「それはネタで言ってるのか？　それとも気温で脳がやられてるのか？」

どうだろう。よくわからない。

紬には、こんな場所にヤクザ顔の斜森《ななもり》虎太朗が現れる理由が思いつかなかったのだ。

彼は右手で視界に日陰を作りながら、あたりを見回している。

「でもま、本当に店開いてんのな。ここにあるのって、全部おまえが作ったのか？」

「うるさいなあ……ひやかしなら間に合ってるんだけど」

「馬鹿。そういうんじゃねえよ俺は」

虎太朗はぶっきらぼうに吐き捨てて、紬の鼻先に、紙袋を差し出した。

「……どうせこういうことしたところで、あいつのお株が上がるだけだっていうのはわかるんだけどな。それでもな」

「は？」

「陣中見舞いだよ。セディのやつに頼まれたんだ。あいつ今、店から動けねえから」

『竹善』のロゴが入った、ショッピングバッグだ。

紬は、虎太朗からその陣中見舞いとやらを受け取った。

「……どうもありがとう」

袋の重みと引き換えのように、お礼の言葉は、意外と素直に口から出た。

虎太朗は、口の端を引き上げた。

「んじゃあな。せいぜいがんばれよ」

それだけを言って、参道を引き返していった。

ただ歩くだけで、周囲の人垣が割れて空間ができてしまう強面《こわもて》ではあるが、してくれたことはありがたかった。この暑いのに、わざわざ様子を見に来てくれたのか。

（けっこういい奴だ、あいつ）

見直したというか、なんというか。

そして託された紙袋をのぞいてみると、中には小ぶりの魔法瓶と、古風な曲げわっぱの弁当箱が入っていた。

保冷剤が載った弁当箱を開けると、中にはホイルで巻いたおにぎりが二つと、ピックが刺さったお漬物が少し。

魔法瓶の中身は、一口飲んで冷たさと酸味が体に染《し》み渡るようだった。

「……あー」

感じ入るあまり、ビールを一気飲みしたおっさんのような声が出てしまう。

けれど西日に殴られてへとへとのどろどろになった体に、梅の実から出たクエン酸と水分が浸透していくのが心地よかった。さわやかな甘みが、へたった細胞を癒《いや》してくれる。

(梅シロップのジュースだ、これ)

梅サワーに引き続いての、梅仕事ドリンク完成第二弾。

魔法瓶の中にロックアイスが多めに入っていて、好きな時に口に含めるのも嬉しい配慮だ。

おにぎりの具は、磯《いそ》の香りの紅鮭《べにざけ》とたらこ。お昼を食いっぱぐれていたので、どちらもテーブルの陰でありがたくいただいた。

添えられていたお漬物は、キュウリや茄子、ミョウガなどの夏野菜が、千切りショウガと一緒に揉《も》み漬けになっていた。

不思議な色の漬物だなと思ったが、茄子を一きれ食べたら正体がわかった。

――この味は、柴漬けである。市販で食べるものより色が淡いが、味が完全にあのお漬物だ。

（そういえば菱田さん、梅干しの赤梅酢で柴漬け作れるって言ってたっけ）

歯ごたえはぽりぽりと小気味よく、紫蘇《しそ》と梅の風味が、塩気と一緒にしっかり感じられた。あの時尻込みしないで、実家便の野菜をお願いしていたら、こんなおいしいお漬物が食べられていたのか。そう思うと少しだけ失敗したなと紬は思った。

だけど過去は変えられないし、同じ場面がきたら、きっと紬は同じ選択をするに違いないのだ。

貰った陣中見舞いを全部食べたら、だいぶ元気が出た気がした。

ちょうど観光客らしいタンクトップ姿の女性が、小雪の作ったペンダントを気にしている。

「すいません、これつけてみてもいいですか?」

「は、はい。どうぞ。鏡使いますか」

机の陰に引っ込んでいた紬は、慌てて立ち上がって客に向き合った。

そうやってうだるような八月の熱気にへこたれず、閉会の時間になるまでそこに居続けたのである。


てづくり市が終了したら、まずは町屋の小雪のところに寄って、預かった出品物の残りと、小雪のものから出た売り上げ金を届けた。

マンションの玄関口で出迎えた小雪は、売り上げなんて全部紬のものだと言ったが、紬は頑として断った。そこはなあなあにしてはいけない気がしたのだ。

熱が高かったという上のお子さんは、病院で貰った薬がきいて、だいぶ回復したらしい。それを聞いて何よりほっとした。

そのまま谷中のアパートに戻ってきて、荷ほどきをしてから弁当箱と魔法瓶を洗い、近くの『竹善』を訪ねた。

すっかり夜になっていたので、店ののれんは下げてあった。しかし中で明かりがついていたので、紬は千本格子戸《せんぼんこうしど》をノックした。

しばらくすると、磨りガラスの向こうに人影が浮かび上がった。戸が開く。

「紬さんですか」

「すいません……今、いいですか」

「もちろんですよ。どうされたんですか」

紬はエプロンをつけたセドリックに、『竹善』の紙袋を返した。

「お弁当箱と、水筒」

「ああ。今日じゃなくても良かったんですよ。お疲れでしょう」

「おいしかったから……」

だから一言、お礼が言いたかったのだ。

それを聞いたセドリックは、嬉しそうに青い目を細めた。

「どうですか。少し、お話しされていきませんか。お好きなものを作りますから」

彼の背後には、客が一人もいない『竹善』のカウンターが見えた。

図々しくもその言葉にうなずいてしまったのは、紬自身もあの静かなカウンター席が恋しかったからかもしれない。

「……じゃあ、ちょっとだけ」

「ええ、どうぞこちらに」

案内された紬は、いつも座っていた、端の席に腰掛けた。

カウンターの向こうに、セドリックが立った。

「リクエストは?」

「コーヒーじゃなければ」

「承知しましたレディ、お待ちください」

紬の身も蓋もない注文も、セドリックは嫌がらずに受けてくれた。

まずは冷蔵ケースから保存瓶を取り出して、色とりどりのジャムやシロップを、氷入りのグラスへ入れる。そこに泡立つ炭酸を注いで。

まるで魔法使いが魔法をかけるのを、間近で見守る気分だった。こうして待っている間の、かすかな物音に耳をすます静けさも、白木のカウンターの手触りも、なんだか懐《なつ》かしいぐらいだった。

「どうぞ」

カウンターに、グラスが置かれた。炭酸で表面が細かに発泡している。

紬は小さく頭を下げ、いただきますとグラスを受け取り、ストローで飲んだ。

さわやかな柑橘《かんきつ》の酸味と、ほのかな苦み、そして舌に感じるぴりりとした辛さ。この組み合わせは——。

「……黄色い皮みたいのが入ってるんですが……グレープフルーツですか?」

「ご名答です」

セドリックは、後片付けをしながら種明かしをした。

「果肉と薄く剝いた皮を、砂糖と新ショウガと一緒に煮てシロップにしたんです。ハーブのローズマリーも少し入っていますか」

なるほど。思ったよりも凝《こ》っていた。

一種の変型ジンジャーエールなのだろうが、甘すぎずさっぱりして、昼間の梅ドリンクとはまた違った方向でツボである。

「気に入っていただけましたか」

「……菱田さん、ただでさえ忙しいのに、こういうことして大丈夫なんですか」

「痛いところを衝《つ》かれました。ですが私だって癒されたいんですよ」

なんだそりゃと思った。

セドリックは、笑いながら解説をしてくれた。

「大勢のお客様に来ていただくことは、光栄ですし幸せなことです。ただ馴染《なじ》みの方とゆっくりお話しするのは、また別種の幸せということですよ」

「そういうものですか」

「はい。ですから紬さん、このまま昼の営業が落ち着かなかったら、閉店後にでも時々いらっしゃいませんか。お代はいただきませんから」

「正気で言ってますか」

「残念。断られてしまいました」

どこまで本気かわからないが、セドリックは機嫌が良さそうだった。

「それで、どうでしたか。初めてのてづくり市の感想は」

たわいもない雑談の中、彼はさりげなく話を振ってきた。

紬が黙って見上げると、彼は微笑みを返した。話したければ話せばいいという感じで、押しつけがましさは感じられなかった。

紬は持っていた炭酸割りにしたグレープフルーツシロップのグラスを、テーブルコースターに戻した。

「なんというか……現実を知りましたね」

それはグレープフルーツのほのかな苦みより、もう少し強いビターテイストだ。

一日売り子をしてみたが、実際にお財布を出して買ってもらえたのは、価格が安い髪留めぐらい。コンスタントに数が出たのは、やはり小雪のアクセサリーで、自力の差を見せつけられた気分である。

「意気揚々と大海原に出まして、陸が見えているうちに座礁《ざしょう》した感じです……かっこわるい」

「そんなことはありませんよ」

「いやでも、本当だったらもうちょっとって思うんです……せめてあの時ちゃんと完成させてればって……」

全部みんな言い訳だ。

限界まで急いではみたが、最後は時間が足りなくて、どうしても簡略化してしまったステッチがあった。縫製に甘いところも出てしまったかもしれない。

今ある自分の精一杯が出し尽くせたと言い切れないから、なおさらこうして悔いが残ってやりきれなくなるのだ。もしかしたら、ひょっとしたら結果が変わっていたかもしれないと、都合のいい『if』にすがりたくなるから。

「悔いが残ると」

「ごめんなさい、せっかく差し入れまでしてくれたのに」

「プレッシャーをかけるために、紬さんを応援したつもりはないんですよ」

「でも応《こた》えたかったんです」

セドリックや小雪に。

暑い中来てくれた虎太朗に。

いい報告がしたかった。そんな承認欲求が、自分にもあったことに驚いてしまった。

「でしたら、また挑戦してくださいよ。紬さん」

うつむき唇を嚙みしめる紬に、セドリックは優しく言った。

「次の出店チャンスはありますよね。たった一回のビギナーズラックで成功されてしまっては、面白くありませんよ」

「……それは、確かにそうなんですが」

「だいたいその一回で終わりというのでしたら、私なんてここにいませんよ。結婚前の奥さんには不審者で通報されたことがありますし、運良くお店を任せると言ってもらえた後も、最後まで免許皆伝は貰えませんでしたからね」

紬は、思わず顔を上げてしまった。

「……ひどい……自信なくなりませんか」

「はい。それでも進むしかないわけです。自分が最善だと思う道を」

「どうしたら信じていられますか。私、それが難しいです一番」

「そうですね……あくまで私の場合は、ですが。私にとって一番最初の気持ちを、思い出すようにしていますよ。ここで最初の一杯に触れた時の喜びとか。逆に私が一人で作ってお出ししたものを、最初に『おいしい』と言ってくださったお客様の顔とか」

顔を上げて笑むところを見たら、かえって泣きたくなってしまった。

この人にかかれば、この世に悲しいことなどなくなってしまうのではないだろうか。

「紬さんの最初のお客様は、どんな方でしたか？」

「……中学生でした。部活帰りっぽい」

「素敵ですね。私の場合はご婦人でした。髪の白い着物のマダムでした」

「こっちだって可愛かったです」

そうだ。忘れるまい。カラフルな合皮の財布から、貴重なお小遣いを出して買ってくれたこと。これ可愛いと言ってくれた声。

あの子たちが楽しんで使ってくれる場面を想像することが、この先の自分を励ますよすがになってくれるというなら、絶対に忘れるものか。

「どうか次で笑ってください。ダメならその次でいいじゃないですか。挑戦はあなたを損《そこ》ねたりはしません」

勝手に目頭《めがしら》が熱くなって、胸まで苦しくなった。

「笑うの苦手なんです」

「私はわかりますから大丈夫ですよ」

本当に苦しい。

いいことなんて絶対ないのに。かないっこないのに。

それでも好きだという気持ちがこみあげてきてしまって、どうしようもなかったのである。

第4話

定休日の『竹善』

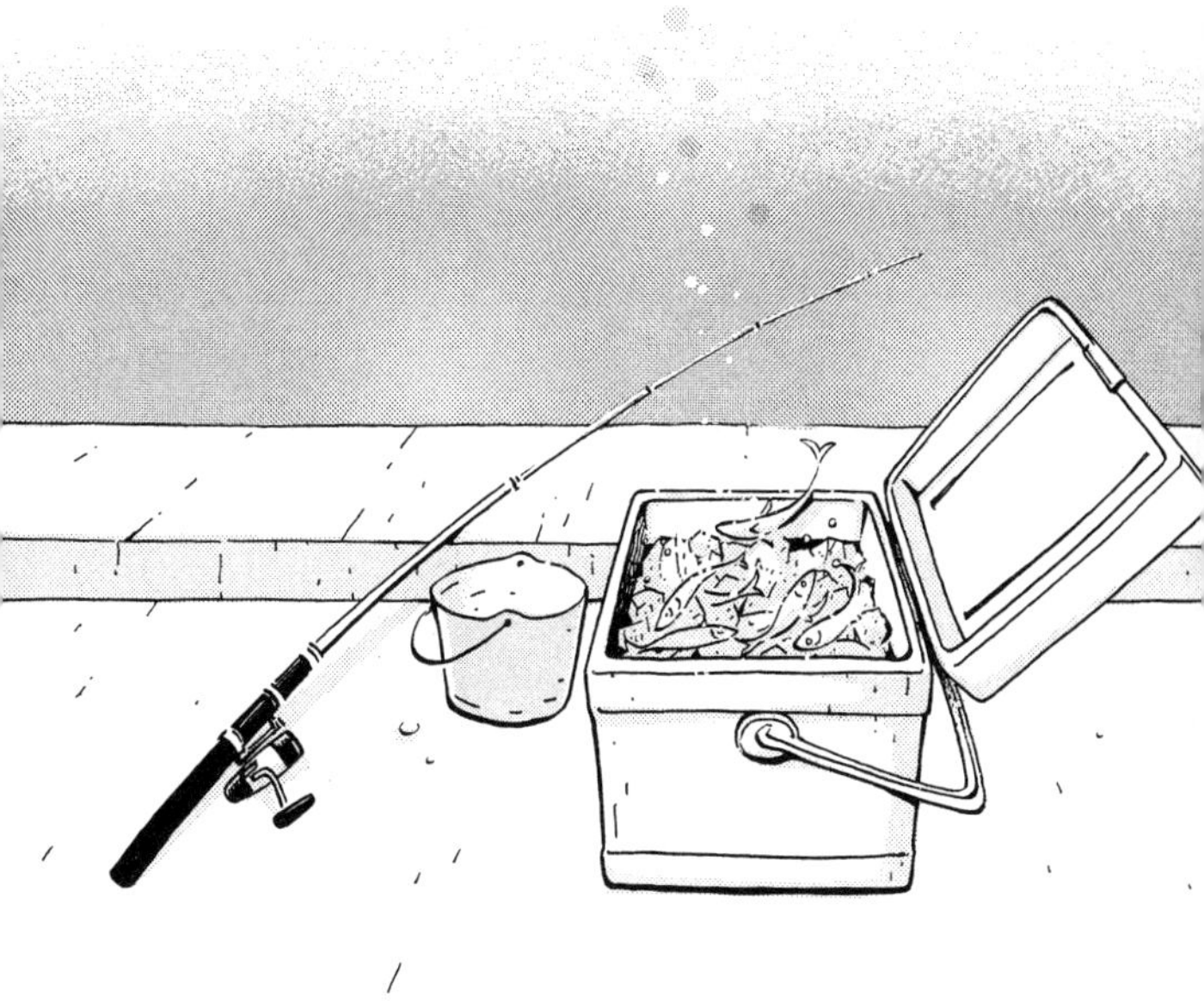

——海だ。

夜明け前にちらりと見えた水平線は、ラベンダーとネイビーとオレンジ、そしてひとかけらのストロベリーピンクで、複雑な色に染まっていた。

布で表現するなら、かなり大変な染めになるだろう。刺繡《ししゅう》でやるにも根気がいるはずだ。漁船や釣り船が停泊する港だけあり、水面に波はほとんどなかった。

車は冷房のため窓を閉め切っているが、開ければ海べり特有の潮《しお》の香りが、一気に流れ込んでくるに違いない。

紬《つむぎ》は、後部座席の同乗者へ声をかけた。

「武流《たける》君、起きてる？　そろそろ着くよ」

「……いちいち言わなくてもわかってるって」

いや、そのかったるそうな声は、どう聞いても『いま起きました』だろう。

朝もはよから人に運転させておいて、一人だけ寝るとはあんまりな小僧である。

「まさかドブスが免許持ってるとはな」

「甘いね。田舎《いなか》は運転できないと詰むんだよ」

これだから都会もんは困ると紬は思う。こちらは十八の誕生日と同時に、教習所へ連れていかされた口だ。お望みとあらば軽トラに野菜を積んで、市場や直販所に横付けすることだってしてやろう。紬が実家に帰るたび、母親の貴代《たかよ》に言われてやらされていることだ。

おかげでこうして、武流を乗せてレンタカーを運転するようなことにもなっているのだが。

最新鋭のハイブリッドカーは、実家の軽トラックやミニバンと勝手が違って、慣れるまでにいささか苦労した。

「菱田《ひしだ》さんが握ってくれたおにぎりって、まだ残ってる?」

「残ってる。梅と昆布《こんぶ》の佃煮《つくだに》」

「じゃ、梅干しのちょうだい」

運転席と助手席の間から、アルミホイルを半分剝《は》がした握り飯がにゅっと突き出された。

紬は片手で食べながら運転を続けた。

具の梅干しは、昔ながらの塩気がきつい梅だったが、これがきゅっと握った白米に猛烈に合うのである。酸っぱさに目が覚めるから、朝ご飯にぴったりだ。

「ねえ。この梅干しって、この間の土用干ししてたやつ?」

「いや、違うんじゃねえの」

「あれ、そうなの。買ったやつなのか……」

「それも違う。たぶん去年の瓶から出したもんだ」

武流いわく、なんでも天日干しが終わった直後の梅干しは、見た目は完成品でも酸味や塩気がきつくて食べづらいらしい。ではどうするのかというと、保存瓶に詰め直してしばらく寝かすらしい。そうして半年から一年たつと、角が取れておいしい梅干しになるのだそうだ。

「……だから今年のぶんができあがると、去年の梅干しが本格登板する」

「うわ……」

なんという気の長さだ。大河梅干しドラマ。

『竹善《ちくぜん》』ではそこまでのスペースがないのでやっていないらしいが、人によっては毎年梅干しを漬けて、年代別の瓶がずらりと並んでいることもあるという。

「さすがに詳しいね、瓶詰め屋の息子」

「うるせえよ。年がら年中手伝わされてりゃ、嫌でも覚えるっての」

それはそうかもしれない。

気難しい小学生だが、意外に自分に課せられたノルマはこなす奴なのである。彼なりの仁義があるようだった。

特にここ二カ月は、いきなり忙しくなった店の手伝いで大変だっただろう。少しぐらい、羽をのばす権利があってしかるべしだった。

「菱田さんも、一緒に来れたらよかったのにね」

「どうでもいいよあんなの」

「あっそ」

先方の希望により、東京湾の神奈川県《かながわ》側までやってきた。八景島《はっけいじま》近くの港に車を駐《と》め、荷物を持って待ち合わせ場所へ向かう。

クーラーボックスを引き受けた武流が、歩きながら呟《つぶや》いた。

「……いや、やっぱドブスだけでも一緒で良かったわ」

「そんなに嫌なの?」

「そういうわけじゃねえけどさ……なんつーかあの人たち『濃い』じゃんか」

武流の視線の先には、同じ港内から突き出る堤防へ向かう人影があった。

そのうちの一人は、本格的な釣り用ベストに長靴装備で、紬たちの顔を見るなり満面の笑みになった。

「おお、来たな武流! おじいちゃんがサビキ釣りの極意を教えてやるからな!」

彼の名は、菱田滋《しげる》。今は亡き菱田笑子《えみこ》の父親で、武流の祖父である。

そんな滋の後ろで、ハンドバッグだけ持って目を細めているご婦人が、同じく祖母の菱田清香《きよか》である。

「おはよう武流。おじいちゃんと仲良くね」

「鈴掛《すずかけ》さんも、遠いところからお疲れ様です。ここまで迷われませんでしたか」

さらにどこかで見たような弁護士眼鏡が、釣り竿《ざお》とクーラーボックスを両手に持って当たり前のように立っていた。

さすがに奴も堤防釣りでブランド物のスーツを着るようなことはないようで、ネイビーの開襟《かいきん》シャツにハーフパンツという軽装だ。小洒落《こじゃれ》た中折れのストローハットまでかぶっていて、今までとのギャップがすさまじかった。

「奥様、この後はいかがいたしますか」

「私はマリーナのカフェで朝ご飯でも食べるわ」

「そうするといい。今日は男同士の日だからな」

「あなたったら。鈴掛さんもいるのを忘れたの」

「鈴掛さん、今日はよろしくお願いします。良かったらポイントまでお荷物お持ちしましょうか」

——確かに濃いメンツと言われれば、その通りだなと紬も思った。

長い間疎遠《そえん》で、武流を引き取る引き取らないでセドリックと揉《も》めたこともあるが、今となってはただの孫バカなじいさん&ばあさんと、その手下の顧問弁護士である。

このメンバーの中に一人取り残されることを思えば、紬でもいいから知り合いを、と欲《ほっ》した武流の気持ちはよくわかるのである。

＊＊＊

そもそもの始まりは、紬のてづくり市《いち》が終わった直後。おおよそ一週間前に遡《さかのぼ》る。

閉店後の『竹善』で、紬とセドリックが話し込んでいたちょうどその時、店の電話が鳴りだしたのである。

「すみません、留守電にするのを忘れていました」

セドリックは紬に断りを入れ、電話に出た。

「はい、『竹善』です。申し訳ありません、本日の営業はもう終了して……What?」

いきなり彼の日本語が消失したので、紬は何事かと聞き耳を立てた。

「もういらしてる？　そこに？　いやちょっと待ってください――」

制止もむなしく、通話は切れてしまったようだ。何やら固まっている大天使の横顔に、紬は恐る恐る声をかけた。

「……どうかしたんですか？」

「武流を呼ばないと」

「は？」

セドリックは、プライベートスペースに繋《つな》がるのれんをめくり上げ、声を張り上げた。

「すみません武流！　ちょっと下りてきてもらえますか」

「──なんだよいきなり……」

「あなたにご用があるそうなんです。もう近くまでいらしてるそうなので、できれば急いで」

やがて右手に携帯ゲーム機を持ったままの武流が、不機嫌顔で一階店舗に顔を出した。

「うるせーなー……」

「とりあえずゲームは置いて、手を洗って」

慌ただしく指示する中、閉まっていた千本格子戸《せんぼんこうしど》も開いた。

「どうもこんばんは。夜分遅く申し訳ありません、ミスター・ウォルターズ」

挨拶とともに現れたのが、左近道祐鶴《さこんどうゆづる》である。

昼間の暑さ冷めやらぬこの熱帯夜でも、ぱりっとした仕立てのいいジャケットにネクタイ完備で、髪型から靴の紐《ひも》の先にいたるまでいっさいの隙《すき》がなかった。

「仕事でちょうど近くに立ち寄ったもので。よろしければお話を……おや、鈴掛さんまでいらしてましたか。ご無沙汰《ぶさた》しております」

彼は銀縁《ぎんぶち》の眼鏡の奥で、感じのいい笑みを浮かべた。それがまったくの作り笑いであることも、紬はよく知っていたのだ。


「単刀直入に申し上げますと、菱田様は武流君との思い出作りを望んでおられます」

『竹善』の座敷に座った左近道は、真面目《まじめ》くさった調子で切り出した。

セドリックと武流は、座卓の向かいで正座をしながらそれを聞いた。

「思い出作り、ですか」

「ええ。ごく一般的な、祖父母と孫の夏休みというものです。菱田様渾身《こんしん》の、湯布院《ゆふいん》の別荘で過ごす特別プランは却下されてしまったそうですが」

「そこまで店は閉められませんから」

「武流君も家族として手伝いをする必要がある、というのもご夫妻は理解されております。ならば近場で釣りはどうかと」

セドリックも武流も、血はまったく繋がっていないはずだが、戸惑《とまど》うような眉のひそめ具合はよく似ていた。

なりゆきで話を聞くはめになった紬は、つい左近道に確認してしまった。

「そもそもそういうのって、弁護士通すものなんですか」

彼らが武流を引き取る要求と、成績表の定期報告に関する取り決めは、すでにないはずだった。孫と遊びたいなど、余計に仕事の範疇外《はんちゆうがい》な気がする。

「慣れていないからしょうがないんですよ。不器用な人だと思ってやってください」

「不器用って……」

「ともかく、日取りは今月の二十五日です。東京湾の護岸から、小鯵《こあじ》や鰯《いわし》を狙うそうです。危険性はなく、初心者でも取り組みやすい。道具も一式お貸しします。いかがでしょう」

左近道に言われたセドリックは、「二十五日ですか……」と思案げな顔になった。

「残念ですが、その日はちょっと。お店がありますので」

「なぜでしょう。そちらの定休日であることは、確認済みですよ」

「だからこそなんです。休みの時にしかできない仕込みの作業などを、まとめてやるつもりだったんですよ。前は隙間時間や閉店後に作り足すだけで良かったんですが、今はそれだけだと足りなくて」

「繁盛《はんじょう》しているゆえですか……人気店とのコラボの件でマスコミに取り上げられたのは聞いておりましたが、厄介《やっかい》なこともありますね」

　左近道は眼鏡のブリッジを押し上げつつ、ため息をついた。

「そうですか。菱田様はこれすら断るというのなら、孫に一日の休息も与えない保護者として訴えると息巻いておりまして、正直そんなことをしても無駄ですし私の仕事が増えるだけなので勘弁してほしいと思う状況でして」

「……大変ですね」

「ええ本当に」

　この言葉だけは、何故《なぜ》か嘘偽《うそいつわ》りのない左近道の本音のような気がした。

　セドリックが、横の武流に聞いた。

「どうしますか。あなただけでも行ってきますか」

「ええ、俺だけ?」

「どこにも遊びに連れていけないのは、申し訳ないとは思っていたんですよ」

「そんなのいつものことじゃねえかよ。連れてけなんて俺言ったことあるか?」

「左近道さん、場所はどこなんでしょうか」

「八景島の近くを予定しています。朝早いので、武流君お一人でしたら菱田様のお宅に前泊されるのも良いかと」

「……しかも泊まるのかよ」

武流が、絶望的な調子で呟いた。

「嫌ならもちろん、断ることはできますよ。武流の自由ですから」

「いや、そうじゃない。そうじゃないけどさ……一人……」

「菱田様のことでしたら、お気になさらずに。たとえ駄目でもなんとかしますので」

大人二人に真面目に言われ、武流はすっかり考え込んでしまった。

「……だったらさ、私がついてこうか？　武流君」

そうしたら泊まりだなんだと、大げさなことも省けるだろう。

何気なく申し出たら、三人そろって意外な顔をされた。そんなに変なことを言っただろうか。

「どうせ暇人《ひまじん》だし。当日車出すぐらいなら、できると思うけど」

「いいんですか紬さん」

「……だから暇人なんですって」

紬はすっかり氷が溶けたグラスに口をつけた。

急にセドリックの顔を見づらくなってしまい、困ったものだと思った。

かくして紬の案は採用され、当日はレンタカーを確保して武流を乗せていくことになったのだ。

お花見の時と同じ、まだ真っ暗な時間帯に動き出し、車が入れるよみせ通りで武流をピックアップした。

「武流君。ちゃんとシートベルト締めてね」

セドリックも見送りに出てきて、運転席の紬に話しかけた。

「紬さん、荷物の中に朝食も入ってますから、良かったら二人で食べてください」

「了解です」

「すみません、お手数おかけします。武流をよろしくお願いします」

「――あんまりそういうことばっかり言ってると、武流君にうざいって叱《しか》られますよ」

セドリックは苦笑した。

「確かにそうですね」

「菱田さんだって、お休みだからってお店で暇するつもりはないんでしょう?」

「そうですね。色々――こういう時しかできないことがありますので」

ならしょうがないではないか。

車の窓を閉め、前を向いて出発進行。アクセルを踏み込んで、国道から早朝の湾岸道路などを軽快に走って現場へ向かったわけである。

＊＊＊

セドリックは武流たちを釣りへと送り出した後、店に戻って帳簿類を片付け、予定通り厨房《ちゅうぼう》で仕込みをはじめた。

明日以降の営業に使う保存食を作り、滅菌《めっきん》した瓶に詰めていく作業である。

まだ外が明るいうちに、客を気にせずこういう仕事に専念できるのは、定休日ならではの優雅さだった。労働環境的にはあまり褒められたものではないのだろうが、気持ちの余裕が違う。

（……一人でできるのは、たぶんこのあたりが限界なんでしょうね）

オイルで煮込んだキノコを大瓶に流し込みながら、セドリックはふと思った。ここしばらくの客の増加と、『竹善』の今後についてである。

『コロンブ』とのコラボ用ジャムに関しては、仁希《にき》とも相談して第二弾を考えると同時に、生産体制を見直そうと話し合ったばかりだ。完熟梅は味が良いものの、穫《と》れる時期が限られているし、設備の整った場所で定期的に作れば、数も出せるからだ。

それ以外のところでは、あまり欲を出さずに騒ぎが収束するのを待った方がいい気がしていた。

こんなことを言えば、たとえば紬あたりに呑気《のんき》すぎると叱られるだろうか。

今日は武流と一緒に東京湾にいるはずの彼女だが、はたして釣果《ちょうか》はどれほどだろう。釣れた場合と釣れなかった場合、献立とフォローの言葉はいくつか考えておいた方がいい気がする。

セドリックがあれこれ考えていると、

「ごめんください」

『閉店』の札が出ているはずの千本格子戸が、からりと開いた。

夏の明るい日差しが逆光になっているが、現れたのはセドリックが待ち続けていた人であった。

そう。そろそろ来る頃だと思っていたのだ。

「……やあ。お待ちしておりました門脇《かどわき》さん」

「本当に、お邪魔していいの？」

「もちろん。こちらへどうぞ」

セドリックは客人に席を勧《すす》めた。

定休日に働く利点は、まず一つ。客を気にせず裏方の作業ができる点。もう一つ、じっくり向き合いたい人を、特別に招くことができる点にあるかもしれない。


彼女の名前は、門脇かな江《え》と言った。

薄手のサマーカーディガンを羽織った肩や、長袖《ながそで》からわずかにのぞく手の甲は、相変わらず骨張ってひどく華奢《きゃしゃ》だ。

笑子が生きていた頃、自分の七つ上だと話していたから、今は四十代の半ばぐらいだろうか。

病院ではあまり見なかった薄化粧が、かえって時間の経過を思い出させた。

「迷いませんでしたか?」

「人に聞いたから。大丈夫だったわ」

「なら良かったです」

「今日はお休みだって言われて、心配もされたけど」

かな江は微笑み、カウンターのスツールに腰掛けた。

あらためて、『竹善』の内装を眺めて言った。

「いいお店ね」

「ありがとうございます」

「笑子さんに瓶詰めのお店だって聞いた時は、正直どんなものか想像もつかなかったんだけど」

「こんな感じです。何かお作りしましょうか」

「よくわからないけど……温かい飲み物でお薦《すす》めはあります？」

「かしこまりました」

「できれば、カフェインが入っていないか、少なめだと嬉しいわ」

セドリックは少し考え、前に紬にも出したグレープフルーツのジンジャーシロップを、カモミールのハーブティーで割ってかな江に出した。

かな江は繊細なガラスカップに入ったドリンクに目を見張り、そして店に来る女性客がしばしば見せるように、少女めいた喜びを漂わせてそれを飲みはじめた。

「……おいしい。香りが特に素敵。さわやかで」

「それは良かったです」

「やっぱり来て良かった。どうもありがとう菱田さん」

「私もお招きできて良かったです」

「この間は、ロビーでいきなりだったものね」

セドリックがかな江と再会したのは、本当に偶然の産物だった。

仁希が結石で運び込まれた御茶ノ水《おちゃのみず》の病院に、外来で来ていたのが彼女である。

かな江は笑子と同じ病室に、同じ病名で入院していたことがあった。

症状はかな江の方が軽く、笑子が亡くなる前に退院していった。それから交流はほぼなかったのだ。

「あれからもう何年たった？　四年？　五年？」

「四年と半年ですかね」

「そんなに？」

「ええ、そんなにです」

「武流君とか、もうずいぶん大きいんじゃない？」

「小六になりましたよ」

「嫌だもう。ベッドのお母さんにずっと抱っこしてもらってたのに？」

「今日はお祖父《じい》様たちと、八景島まで釣りに行ってます。門脇さんのお子さんは？」

「高校二年。部活ばっかりよ」

今度はセドリックの方が、感嘆《かんたん》の声をあげた。セドリックが知っている少女は、今の武流ぐらいの年で止まっているのである。

それからしばらく互いの近況や、入院中の思い出話をした。

かな江はカップの湯気越しに、懐《なつ》かしそうに目を細めた。

「笑子さんね……辛《つら》いことも多かったでしょうにね。いつも気丈で笑っている時の顔しか思い出せないわ。年上なのに私の方がめそめそして、あの人に励まされてた」

「私もそうですよ」

勝ち気で前向きで、そして自分で育てた店と息子を愛していた。

その一片でも自分が愛されたのは奇跡であり喜びであったと、今でもセドリックは思うのだ。

「武流君と菱田さんがお見舞いに来たら、よくクイズごっことかして遊んでいたじゃない。覚えてる？」

「はい、もちろん。家でも病室でも、あまり変わらない人でしたから」

「あれねえ……実は私もやられていたのよ。点滴で暇にしている時とか」

初耳だった。セドリックは、興味を引かれて尋《たず》ねた。

「たとえばどんな?」

「そうね――『私は全ての物の始まりで、全ての場所の始まりであり終わりです。永遠の始まりで、時間と空間の終わりでもある。さて私は一体何者でしょうか?』とか」

かな江は抑揚たっぷりに、詩でも吟《ぎん》じるようにそらんじた。

「これ、笑子さんがあなたに出されて、解けなかった問題なんですって? もしまた会えたら答えを聞こうって思っていたけど、機会が全然なかったのよ」

「門脇さん、それは――」

「ああ、でもちょっと待って。正解を言う前に、私の考えた答えを聞いてくれる? 全ての物の始まりで、全ての場所の始まりであり終わりでもあるもの。永遠の始まりで、時間と空間の終わりでもある。それってたぶん――『死』のことじゃないかしら」

かな江は続けて、こうも言った。

自分と相手以外、誰もいない定休日の『竹善』で、どこか淡々とセドリックの目を見たまま。

「菱田さん。私ね、また入院するのよ。再発したから」

＊＊＊

そして。鈴掛紬は『濃い』メンツに囲まれ、東京湾の防波堤にて釣り糸を垂らしている。

（……む。来たか）

試しにリールを巻いて、竿を水面から引き上げてみたら、仕掛けについた四つの針のうち、二匹に小魚がかかっていた。そのままぴちぴち跳ねるそれを手元に引き寄せようとしたら、途中で一匹が暴れて海に落ちてしまった。仕方なく紬は、残った一匹を摑《つか》んで針を外し、氷入りのクーラーボックスに放り込んでまた釣りを続行した。

単純なようで、こつを摑むまでもう少しかかりそうだ。

太陽が昇ってきても、目の前の海は凪《な》いで非常に静かだった。陸に近いところを漁船や釣り船が行き交い、沖の方には大型船がゆったりと浮かんでいる。

気温が高いのは夏だから仕方ないが、海面が近くて空気が冷やされるせいか、肌にあたる風は意外に心地よかった。帽子と紫外線対策さえしっかりしていれば、てづくり市の時より断然快適かもしれない。

「どうですか鈴掛さん、調子の方は」

そう言いながら、竿を持った左近道が寄ってきた。

「別に、普通」

「さすがにたくましいですよね。初めての方は、もう少し戸惑《とまど》われると思うんですが」

「戸惑うも何もないよ。ミミズがついてるわけでもないし」

「菱田様は、武流君につきっきりですしね」

左近道は潮風にシャツの裾《すそ》をはためかせ、自分の仕掛けを水面へと投げ込んだ。経験者なのか、意外に手際《てぎわ》は良い。

紬たちが今やっているサビキ釣りというのは、仕掛けの先端に餌《えさ》の『こませ』を詰めた籠《かご》があり、それで魚をおびき寄せて、何本もついている鉤《はり》で釣るものらしい。一人で黙々とやれるところは、紬にむいていると思った。

この竿と仕掛け一式を貸してくれた菱田滋は、左近道が言う通り武流の指導に忙しいようで、武流が一匹釣り上げるごとに『いいぞ』『天才だ』と褒めたたえている声が聞こえてくるが、それはそれでなんの問題もないだろう。

こちらはせいぜい、帰りの時間まで夕飯のおかずを一匹でも多く釣るだけだ。

「あんたも大変だね。顧問弁護士ってだけで、こんなことにまでつきあわなきゃいけないなんて」

「何言ってるんですか。あなたがいなかったら、現地にまでは来ませんよ」

紬は竿を握ったまま、左近道の横顔を窺《うかが》った。

序盤にあった愛想笑いが、すっかり消え失せている。無表情のロボットだ。

ということは、こちらの方が素《す》なのか。

「あそこにタワーと、ジェットコースターが見えるじゃないですか。八景島シーパラダイスですよ。良かったら、今度一緒に行きませんか。デートがしたいんですが」

「前からそういうこと言うけどさ、本気で言ってるの？」

「その質問こそ本気ですか。嘘や冗談を言わないでいいのが、あなたの美徳だと思っているんですがね。俺は」

そうか。そうなのか。なら本気なのか。

真面目に考えてみると、男の人に好意を示されたというのは、二十年生きてきて初めてだった。大変な事態なのだろう。

揺らめく水面を見つめ、眉間《みけん》に皺《しわ》を寄せながら、紬は言うべき言葉を選んだ。

「……ありがたいけどさ。私、好きな人いるんだよ」

セドリックのことだ。

この一週間、ずっと考えた。どう見ても不毛きわまりない想いだし、迷惑に思われるのがオチだろうが、それでも気持ちは変えられそうにないのである。

実際に口にしてしまったら、もう取り消すことは不可能で、いたたまれなさに消えてしまいたくもなった。

「ふむ――それで?」

「え?」

「その好きな人とやらは、あなたの恋人か伴侶《はんりょ》なのですか?」

「う、ううん。違う」

「ではこの先なる予定?」

「ないないない」

考えるだけでおこがましい話だ。めったなことを言うんじゃないと思う。

「可能性は」

「ゼロだと思う」

「非常に馬鹿馬鹿しい話ですね。そんな観測されようもない素粒子みたいなものを引き合いに出されましても」

ぐさっときた。

いくら望み薄とはいえ、物質の最小単位を使わなくてもいいだろう。

「俺に言わせれば、そんなものはないも一緒ですよ。断る理由にはなりません」

「……ああでも、そうだよね。素粒子なら誰にもわからないんだよね」

一つの気づきであった。

別に紬は、セドリックと具体的にどうにかなりたいわけではないのだ。ただ好きな気持ちがあるだけだ。

相手の迷惑を考えて、想うこと自体やめなければと思っていたが、観測さえされなければ大丈夫ということか。好きでいるのは自由なのだ。

「ありがとう。ちょっと元気出たよ」

「なんでそうなりますか……」

左近道は唖然《あぜん》とした調子で呟き、それから、なぜか一人で肩を震わせて笑いだした。無表情ロボが基本のくせに、時々バグが出るようだ。おかしな奴である。

「わからない人だな、ほんと……」

「ちょっとちょっと、引いてるよあんたの竿」

左近道の竿先が大きくしなり、紬は色めき立った。

その場で竿を引き上げると、仕掛けの先にきらきら光る鰯が四匹登場し、細かいことはどうでもよくなってしまったのである。

＊＊＊

――私ね、また入院するの。再発したから。

かな江の告白が、他に誰もいない店内で、ひどく存在感をもって響いた。

「……がんばってください。門脇さんなら、絶対に良くなります。必ず」

「笑子さんのことも見ているから、楽観できないのはよくわかっているの。もちろん、できる限りのことはしてみるつもりだけど」

セドリックはうなずいた。

どうしてあの日、かつて入院していた病院のロビーにかな江がいたかという話だ。偶然が重なっていたのは確かだが、なんの必然性もなしに条件がそろうわけがはない。

こういう時に大したことが言えない自分が、もどかしかった。言葉の壁というものではないのだろう。何語であろうときっと駄目だ。

最後の最後まで希望を捨てず、それでも自分と武流を残して旅立ってしまった妻のことを思うと、セドリックは今でも胸が張り裂けそうになるのだから。

内心の動揺をおさえきれないセドリックに対し、かな江の方は終始落ち着いて見えた。

「一つ覚悟ができるとね、気になるのは自分以外のことなのよ。夫のこととか、娘のこととか。万が一のことがあった後」

「やめてくださいよ、門脇さん。縁起《えんぎ》でもない」

「そんな古い言葉使うの、日本人の若者でも少ないわよ」

「私は真面目に話しているんです」

「ごめんなさい、別に茶化すつもりはないの。でもね、だからこそこれはあなたにしか聞けないことだわ、菱田さん。今――あなたは幸せ？」

問いかけは、ひどくシンプルなものだった。同時に、ひどく意地が悪い質問だなとも思った。

最愛の人がいなくなって数年がたち、その後の世界でどうおめおめと生きているかと彼女は問いたいのだ。

セドリックは、葛藤《かっとう》のまま苦笑した。

「イエスと答えても、ノーと答えても、怒られる気がします」

「むしろ私はイエスと答えてほしいの。死んだ人間のことなんて忘れて、恋の一つでもして幸せに生きてほしい」

「それは無理ですよ門脇さん」

「どうしても？」

食い下がられて、セドリックは逃げ出したい気持ちにもなった。

悲しみに浸《ひた》るだけの時期は過ぎ、残されたものを守る使命感や喜びだけでは消せない感情もまたあるだろうとは思う。そしてそういう時に、好ましいと思う女性《ひと》にまったく惹《ひ》かれなかったかと言われれば嘘になる。

それでもだ――。

「――OK。わかりました。それでは先に、クイズの回答からはじめましょうか」

「ええ、それでもいいわよ。正解はなんなの？　私が考えたもので合っているの？」

「ご質問は『私は全ての物の始まりで、全ての場所の始まりであり終わりです。永遠の始まりで、時間と空間の終わりでもある。さて私は一体何者でしょうか？』でしたよね。実は――種明かしをすると単純なんですよ」

セドリックはかな江にも見えるように、近くからメモ帳とペンを引き寄せた。

「見ていてください。まずは全ての物の始まりで」

あまり読みやすいとは言われない手書きで、それでも全ての物を表す『Everything』と書く。

「全ての場所の始まりで終わり」

今度は全ての場所を表す単語、『Everywhere』を書く。

「この後は永遠の始まりと、時間と空間の終わりです」

『Eternity』、『Time』、『Space』と続けて書く。

最後に単語の該当の箇所にアンダーラインを引いたら、かな江が「あっ」と呟いた。

「なに、そんなことなの……」

「答えは——アルファベットの『E』というわけです」

英語圏の人間なら、簡単に察しがつくものだ。

あの頃、笑子が出すクイズやなぞなぞに翻弄《ほんろう》され続け、セドリックも何か出せと言われ、苦し紛《まぎ》れに母国で有名な書き取りクイズを口にしただけなのである。

まさか笑子どころか、回り回ってかな江の頭まで悩ませているとは思わなかった。

「なんなのもう、私ったら」

「門脇さんの答えも、哲学的で素晴らしいと思いましたよ」

「でも全然お門違《かどちが》いだったわけね……」

「そうですね。ある意味では」

渡されたメモ帳を凝視《ぎょうし》していたかな江は、こらえきれなくなったように噴き出した。

そのまま目尻に浮かんだ涙を、指先でぬぐっていた。

「お気を煩《わずら》わせてしまって、恐縮です」

「いいのよ。確かに考え込んだあげくにこれって、ちょっと拍子抜《ひょうしぬ》けもいいところだけど」

「そういうものかもしれません」

いわゆる『そういう気分』の時に、おあつらえむきの『そういう答え』が、パズルの欠けたピースのように降ってくるに違いないという思い込みである。セドリックも一度、笑子の置き土産《みやげ》の謎かけをめぐって引っかかったことがあった。

「門脇さん。私は思うんですが――」

だがその時、出入り口の千本格子戸が、音をたてて開いた。


「ぷわ、あっちー」

「すいません菱田さん、冷蔵庫に空きありますか？　魚がすごくて」

義理の息子とその家庭教師が、リュックを背負いクーラーボックスを抱えて、店内に入ってきた。

二人とも、中にいるのはセドリックだけだと思っていたようで、カウンターにいるかな江を見て一様に驚いていた。

セドリックは、見るからに日焼けした二人を安心させるため、笑顔を作った。

「大丈夫ですよ。この方は笑子さんの隣のベッドにいた門脇さんです。武流は覚えていますよね？」

驚くとまず固まってしまう種族である武流は、その一言で徐々に思い出したようだった。

「……門脇の、おばさん？」

「そうよ、武流君。お久しぶりね。釣りは楽しかった？」

かな江が、近所の子供に接する調子で微笑んだ。

そして驚くとまず固まってしまう種族その二である紬は、まだクーラーボックスを抱えたまま硬直が解けていない。

かな江が、スツールから立ち上がった。

「そろそろお暇《いとま》しましょうかね。菱田さん、お勘定《かんじょう》をお願いできます？」

「いえ、結構ですよ門脇さん」

「払わせてちょうだい。私は笑子さんとあなたのお店に来たかったんだから。せめてそれぐらいお願い」

何度かの押し問答の末、けっきょく押し切る形で、かな江が代金を支払った。

最後に千本格子戸から表へ出ようとしている背中へ、セドリックは声をかけた。

「門脇さん」

かな江が振り返る。

「もう一つの質問についてですが、答えは『イエス』です」

そう、心の底から答えよう。

「門脇さんの思うような形ではないかもしれませんが、私はとても幸せですよ」

「――わかったわ。どうもありがとう。とても参考になったわ」

セドリックは扉が閉まるのに合わせ、カウンターの内側で胸に手をあて、小さく祈りを捧《ささ》げた。

どうか彼女の道行きに、神のご加護がありますように。ふだんろくに祈らない人間ではあるが、この時ばかりは真剣に願ってやまなかったのである。

＊＊＊

どうも変なタイミングで帰ってきてしまったかもしれない。

『竹善』に顔を出した紬は、ひたすら困惑《こんわく》していた。

昼過ぎで釣りを切り上げて、そのまま武流と二人で戻ってきたのだが、まさか客がいるとは思わなかった。

何か自分たちのせいで、追い出すような形になってしまった気もする。

中年女性が出ていった引き戸を、しばらく見ていたセドリックが、深い呼吸をしてから振り返った。

「さて、二人ともお帰りなさいですね。大漁だったんですか？」

「あの、大丈夫なんですか……邪魔しちゃったとか……」

「いえいえ、問題ないですよ。話も一段落したところでしたから」

「ならいいですけど……」

当人にそこまで言い切られてしまえば、それ以上追及するのは難しかった。

どこかで見た人だったような気もしたが、紬の記憶はおぼろげで思い出せなかった。

「それより今日の釣果ですよ、紬さん。どれぐらい釣れたんですか」

「ええと、ちょっと待ってください」

紬は自分で持ってきたクーラーボックスを、厨房側へ運び込んだ。

「よっこい、しょ」

「重そうですね」

「そりゃもう」

その場で蓋《ふた》を開けると、中には氷と水と、そして大量の小魚が入っていた。

セドリックが感嘆《かんたん》の声を上げた。

「確かに」

「みんな小さいんですけど、ほとんどは鯵《あじ》と鰯《いわし》らしいです」

「待てよ。こっちのキスとこっちのイサキは、俺が釣ったやつだからな」

すかさず横から、武流に訂正された。細かいな少年。

「でも本当に沢山釣れましたね。素晴らしい」

なにせ紬と武流と、なぜか左近道の魚まで入っている。

あのロボっぽい弁護士眼鏡、釣るだけ釣って後は任せたとばかりに、紬たちのクーラーボックスにどぼどぼ魚を継ぎ足していってくれたのである。また会いましょうと言っていたが、会って何をするのだという話だ。

「菱田さん、これなんとかできますか?」

「そうですね……わかりました。早いうちに処理をしてしまいましょう。その方が保存もききます」

「……まさか瓶詰め」

「ご名答」

ああ、やっぱりそうきたか。

「武流、今のうちにシャワーを浴びて着替えるといいですよ」

「わかったよ、うるせえな」

「紬さんは？」

「私は……とりあえず何になるのかだけでも見届けないと、落ち着かないんで。それから帰ります」

「ＯＫ」

セドリックが笑いながらうなずいた。

紬は帽子を取って、カウンターで見守らせてもらうことにした。

のれんの向こうへ引っ込んでいく武流を見送って、セドリックはまずクーラーボックスの中で一番多い、鰯と鯵を引き上げた。包丁で頭を落とし、内臓を取り除いて塩水で洗い、三枚に下ろしていく。

小ぶりであるが数が数なので、このちまちまとした工程だけで、結構な時間がかかった。

「──さて、こんなものですか」

作業が一段落つく。けっきょくセドリックは、何をどうするつもりなのか。

「鰯の方は、まとめてアンチョビにしてしまおうと思います」

「アンチョビ……」

　確かピザやパスタの具材としてよく聞くが、詳しいところはまったく不明でモザイクがかかっているに等しい食品だった。

「あれ、鰯なんですか……」

「そうですよ。材料は他に塩と油だけなので、シンプルなものです」

「梅干しの時も似たようなこと言ってませんでしたか」

「まあまあ。骨を取った鰯を、こうやって塩漬けにするんですよ」

　セドリックは、琺瑯《ほうろう》のバットに塩を振り、その上に鰯の切り身を並べ、まんべんなく塩を振り、また切り身を並べることを繰り返した。

　最後は切り身が完全に見えなくなるほど大量に塩を敷き詰め、空気が入らないようラップを添わせてから蓋をした。

「これを一月《ひとつき》ほど冷蔵庫で寝かせてから、オリーブオイルと一緒に瓶詰めにすれば、アンチョビの完成です」

「……気が長いですね」

「土用干しをしなくていいぶん、梅干しより簡単でしょう。それで冷蔵庫で一年保《も》ちますから、なかなか便利ですよ。塩漬けをして残った液は、エスニックのナンプラーとして使えますし」

その楽ちんで保存性抜群だという鰯様を、セドリックは冷蔵庫へ持っていってしまった。会えるのは、一カ月後か。

残り汁まで調味料に使えるとは、そんなところまで梅干しそっくりだ。

「鯵の方はどうするんですか？」

「そちらはコンフィにしようかと」

「コン？」

「オイル漬けのことです」

セドリックは、鰯と一緒に振り塩をしていた小鯵の切り身を、あらためてペーパータオルで丁寧《ていねい》に拭《ふ》き取ると、小鍋に入れた。スライスしたニンニクと鷹《たか》の爪《つめ》、ローリエを入れ、さらにオリーブオイルを注ぎ入れる。

アンチョビとの違いは、ここからの行き先が冷蔵庫ではなく、オーブンの中というところだった。

「低温加熱を維持するのは、直火《じかび》よりオーブンの方が楽なんですよ。一〇〇度で二時間といったところですかね」

こちらも充分長期戦だ。

ハーブやスパイスと一緒にじっくり加熱された小鯵を、粗熱《あらねつ》を取ってから瓶詰めにすれば完成だという。

オーブンの設定を終えたところで、セドリックがこちらを向いた。

「どうですか、紬さん。夜になったらまたいらっしゃいませんか」

「え?」

「残りの魚も捌《さば》きますし、一緒に夕飯でもいかがでしょう」

にこにこと慈悲深そうな笑顔で言われ、紬は図々しくも頷いてしまった。まるで釣り鉤《ばり》に引っかかる魚のようであった。


あらためて家でシャワーを浴びたら、首の後ろやふくらはぎなどがヒリヒリした。

(……これは、焼けたな……)

日焼け対策はそれなりにしたつもりだったが、ローションの塗り忘れだ。まるで耳なし芳一《ほういち》である。

恐るべし、海の照り返し——明日以降の皮むけやそばかすに怯《おび》えながら、紬は体を拭いて服を着た。できるだけ患部に当たらないよう、自分で作ったかぶりのサマーワンピースにした。

髪もアップのお団子《だんご》に巻き直し、さっぱりしてから再び定休日の『竹善』を訪ねた。

店の方には、誰もいなかった。奥の居住エリアに顔を出したら、武流が一階のダイニングテーブルに、刺身皿を並べているところだった。

「おせえよ、ドブス。何ちんたらしてんだ……いでっ」

最後まで失礼な台詞《せりふ》は言わせなかった。紬と同じように真っ赤になったうなじをつついてやったら、相手は簡単に悶絶《もんぜつ》した。

「今日、寝る時気をつけなね」

「何しやがんだよ……」

「ああ、いらっしゃいましたか紬さん。お席にどうぞ」

例の対面式の食器棚の向こうから、セドリックの声がした。

紬はその言葉に甘え、武流の隣の席に座らせてもらった。

最後にセドリックが、本日のメインらしい丼《どんぶり》を運んできた。

ほかほかの白いご飯の上に、こんがりソテーした鯵。オイルと醬油《しょうゆ》がからんだタレもかかり、刻みネギと刻み生姜《しょうが》まで散らしてあった。

「……なんですか、これ」

「さきほどできあがりました、鯵のコンフィをフライパンで焼きまして、お醬油をちょっと垂らして丼にしてみました」

こんなもの、おいしいに決まっているではないか。紬は直感で思った。

コンフィ丼の他には、保存食にはしなかったキスやイサキなどの白身魚で作ったお造りに、青菜のおひたしと味噌汁というラインナップである。

お腹《なか》が減りそう以外のことで、思いついたことといえば。

「けっこうお米メインなんですね……」

「そうですね。店だとサンドイッチやパスタが多いですから。武流もいますし、和風になるよう心がけています」

セドリックが、エプロンを取って席についた。

「それでは、いただきましょうか。海の恵みに感謝して」

あと我々の日焼けが、どうか軽くすみますように。紬は心の中で勝手に付け足した。

二人にならって箸《はし》を取り、丼のご飯を鯵と一緒に頰張《ほおば》らせていただく。

(――うま)

一〇〇度のオリーブオイルでじっくり温めたという鯵の身は、焼いてもぱさつかずふっくらしていた。ほのかなニンニクの風味に醬油だれが絶妙で、白ご飯との相性がぴったりれる感じだ。

である。仕上げに散らした生姜とネギが、脂《あぶら》っこくなりすぎずにどんどん箸を進ませてく
　がっつき過ぎるのも行儀が悪いと思い、おひたしで口直しをした後、お刺身にいくこと
にした。

「これ、お醤油は……」

「ああ、こちらに。お皿はその小さいのを使ってください」

　切り子の醤油差しを取ってもらい、近くにあった小皿に注ぐ。

「武流も使いますか？」

「まだいい」

　こういうのも、食卓らしい食卓というのだろうか。

　思えばこの家には何度も来ているし、一階も二階もよく知っているつもりだったが、ダイニングセットに座らせてもらったのは初めてのことだった。なんだ視界がおかしくて落ち着かない。

　それでなくともこのところばたばたするか、どつぼにはまって悩みまくるかの二択しかなかった。食事なぞ豚汁とその残りが定番だったというのに、急に人が増えて会話が増えて、メニューの品数まで増えるとなると、情報量が増えすぎてハレーションを起こしそう

である。

醤油は薄口醤油なのか、小皿に出てきたのはかなり色の薄い液体だった。

試しにそれで目の前のキスの刺身を食べてみたら、さっぱりと白身の甘みが引き立って、これがまた開眼する思いだった。

「ほらな、ドブス。俺が釣った魚うまいだろ？」

うまいも何も。

口の中のものがなくなってから、紬はセドリックに聞いた。

「お醤油じゃないですよね、これ」

「はい。煎《い》り酒です」

セドリックは気づいてくれたかとばかりに、微笑んだ。

「醤油が出回る前によく使われた、古い調味料なんですよ」

「また変な保存食品を見つけてきますね……」

なんでも作り方は、日本酒に昆布《こんぶ》と鰹節《かつおぶし》、そして梅干しを入れて煮切ったものだという。

遡《さかのぼ》れば室町時代にまで記録が出てきて、今でも江戸前の割烹《かっぽう》などでは、白身の魚を食べる時などに出てくるそうだ。

確かに淡泊な魚の味を楽しむ時に、この梅の風味と出汁《だし》の香りは、濃い口醤油より断然合う。断固支持する。

「煎り酒も梅干しも、見つけて作り方を教えてくれたのは奥さんなんですよ」

セドリックは、笑子のことを思い出しているのか、懐《なつ》かしそうに煎り酒で刺身を食べている。満ち足りた目を見れば、それがどれだけ良い思い出かうかがえた。

「これに使う梅干しは、減塩でも蜂蜜漬けでもない、オーソドックスタイプの梅干しを使う必要があるんです。ですから私は毎年梅を漬けるようにしていますし、それで煎り酒も作るようにしているんです。どれも理にかなって無駄がありませんでした」

「……いい教えですね」

「はい。ちなみに紬さん。大きな声では言えませんが、煎り酒の一番おいしい使い方は卵かけご飯に垂らすことです。これは私が見つけました」

大真面目な顔で自慢された。

「後で少し持っていきますか?」

もちろん紬は、首を縦に振った。セドリックはますますいい笑顔になった。

そうか。これでしばらく、朝ぼっち飯はTKG《たまごかけごはん》に決定だ。海苔《のり》やわさびなどと一緒にかき込みたい。

「武流、お味噌汁のおかわりはいりますか?」

セドリックは優しくて親切で、紬のような偏屈人間の気持ちを読むのもとても上手だ。

だけど、隣の武流にも紬と同じ調子で声をかけているのを見た瞬間、少しだけ疑問に思ったのも確かだ。

なんというかこの人、紬を異性というより、武流を育てるのと同じ目線で見てやしないだろうかと。気のせいだと思いたいが。


夕飯を終え、自分のアパートに帰ろうとしたら、後からセドリックが追いかけてきた。

「待ってください！　忘れ物です」

紬が路地の途中で振り返ると、駆け足で追いついたセドリックが、軽く息を弾《はず》ませながらビニール袋を差し出した。

「これ。鯵のコンフィと、煎り酒」

「……うっかりしてました。すみません」

「いえいえ」

袋の中には、瓶に詰めた調味料と、魚のオイル漬けが入っていた。

「今日のコンフィは、焼いてご飯に載《の》せてしまいましたが、普通にバゲットと合わせたり、パスタの具にしてもおいしいですよ」

「了解です。わかりました……」

「もとはフランスの調理法ですからね」

卵かけご飯と、パスタにサンドイッチか。夢がふくらむラインナップだ。

袋の中をあらためてのぞいていたら、不思議なことを言われた。

「……私は全ての物の始まりで、全ての場所の始まりと終わりです。永遠の始まりで、時間と空間の終わりでもある。さて私は一体何者でしょうか？」

外灯の下にあるのは、吸い込まれそうなセドリックの青い目だった。

「そういう謎々があるんですが、紬さんはどう思われますか」

「……どうって……」

「ちょっと聞いてみたいと思いまして」

紬はビニール袋を持ち直し、言われた意味を考えてみた。

私は全ての物の始まりで――。

（ああ、そうか）

これなら当てはまるかもしれない。

「……メートル百円の布、ですか？」

「は？」

「百均の毛糸でもいいですけど」

ようはかさばってしょうがない、趣味の在庫ということだろう。

いまいち理解が得られていないようなので、紬は続けて解説をした。

「人によっては漫画本かもしれませんし、ギターや自転車かもしれません。私の始まりは激安の端布《はぎれ》でしたし、部屋の収納スペースというスペースは奥から手前までぎっしりです。凝《こ》りだすといつまでもやり続けて、結果として時間も空間も使って、時に終わってると罵《のの》しられます。それが趣味の沼というものなんです」

「なるほど。その発想は……あまりありませんでしたね……」

「違いましたか」

「ホビーですか……それも楽しくていいですね……」

「けっきょくなんなんですか」

「いえ、ここまで色々あるんでしたら、私の答えを答えと言うのもおこがましいです。紬さんのでも正解なんですよきっと」

のでもってなんだ、のでもって。

セドリックはだんだん愉快になってきたらしく、最後は清々《すがすが》しそうに笑って言った。

「そういう答えになる紬さんが、私はとても素敵だと思いますよ」

これは――どうしろと言うのだ。卑怯《ひきょう》だろう。

こんなふうに先手を打って微笑まれたら、いいから正解を教えろなんて無粋《ぶすい》なことは言えないだろう。紬にはとても無理だ。

気持ちがオーバーフローして、たまらず目を伏せた。

「今日は本当にありがとうございました、紬さん。おかげで武流は楽しい思い出が作れましたし、私も必要な方に会えました。感謝します」

「別に……こっちもいいことありましたから。気にしなくていいです」

「おや」

本当に顔が熱い。どうしてくれよう。

たとえば一緒に囲ませてもらった食卓とか。こうして追いかけてくれて話せる今だって、充分嬉しいし役得なのだ。

私はとても幸せな奴なのだと、あらためて思った。

「そういえばさきほど、左近道さんからメールの返信があったんですよ」

だというのに。

「今日の件についてお礼を打ったんですが、『こちらも充分いいことがありましたから、お気になさらず』と。なんだか紬さんと同じことをおっしゃっていましたよ」

紬は、自分の顔がブサイクに寄っているかもしれないと自覚しつつも、顔を上げてしまった。

セドリックは、例によっていつものごとく人当たりのいい表情をしていて、もしかしたら一連の発言に深い意味などなかったかもしれない。

でも紬は、腐っても彼に想いを寄せている人間としては、どうしてもそこで誤解されたり、間違った認識を持たれるのは嫌だったのだ。

「あれから仲直りでもされたんですか？」

「ち、違います。全然違います菱田さん」

何を言っているんだ、よりにもよって。

「そうでしたか、すみません」

「馬鹿を言わないでください。本当に何考えてるんですか。あれの言ういいことと、私の言ういいことは、全然まったく違うんです。一緒にしないでください」

「……わかりました。軽率なことを言いました……」

セドリックは、紬の突然の剣幕に、やや気圧《けお》されたようにうなずいた。

それでも荒ぶる勢いがおさまらない紬は、人生で一、二を争う失敗をしたのだ。

記録するならそれは、暑かった八月の終わり。室外機の生ぬるい風が滞留する、下町の夜の出来事だった。

「そうですよ。私が好きなのは菱田さんなんです」

観測されない素粒子なら大丈夫と、自分で言ったばかりだったのに。自分で花火のように打ち上げてしまった。

(ぱあんと弾けるって?)

折しもそこは、紬のアパートのゴミ置き場に近く。一番最初に彼と出会った時と同じように、外灯の明かりに天使の輪ができそうな金色の髪が浮かび上がっていた。彼がどこか困ったように眉を下げるのがわかったから、紬はこれ以上、一秒だって時は進むなと思った。

全ての物の始まりで、全ての場所の始まりと終わり。永遠の始まりで、時間と空間の終わり。きっとあの謎々には、答えがまだあったのだ。

つまるところ永久にこのまま。

瓶に詰められて止まってしまえ——。

※この作品はフィクションです。実在の人物・団体・事件などにはいっさい関係ありません。

集英社オレンジ文庫をお買い上げいただき、ありがとうございます。
ご意見・ご感想をお待ちしております。

● あて先
〒101-8050　東京都千代田区一ツ橋2-5-10
集英社オレンジ文庫編集部 気付
竹岡葉月先生

谷中びんづめカフェ竹善《ちくぜん》 3
降っても晴れても梅仕事

集英社
オレンジ文庫

2020年6月24日　第1刷発行

著　者　竹岡葉月
発行者　北畠輝幸
発行所　株式会社集英社
〒101-8050東京都千代田区一ツ橋2-5-10
電話【編集部】03-3230-6352
【読者係】03-3230-6080
【販売部】03-3230-6393（書店専用）
印刷所　図書印刷株式会社

※定価はカバーに表示してあります

ISBN 978-4-08-680326-7 C0193